Fais-moi

Elle est simplement méc

danseurs masculins

Mc kenzie

This is a work of fiction. Similarities to real people, places, or events are entirely coincidental.

FAIS-MOI UNE FAVEUR

First edition. June 3, 2024.

Copyright © 2024 McKenzie.

ISBN: 979-8227419194

Written by McKenzie.

Also by McKenzie

Fais-moi une faveur

Posy a atteint l'apogée de sa carrière de ballet, mais si vous demandez à son entraîneur, elle est simplement médiocre et distraite par les danseurs masculins, ce qui ne pourrait être plus éloigné de la vérité.

Mais son entraîneur ne veut pas l'écouter. Au lieu de cela, il la traîne – toujours vêtue d'un tutu et de pointes – jusqu'à la porte de son frère solitaire, situé dans un entrepôt abandonné. Une nuit avec Smith aux yeux fous devrait la guérir de tout intérêt pour la romance, dit l'entraîneur de Posy, alors qu'il l'enferme dans une pièce avec un monstre... et un matelas.

Chapitre 1

Posy

que je viens de casser dans cette paire de pointes et elles sont déjà en ruine.

Ils sont recouverts de crasse et d'eau de flaque d'eau, devenant de plus en plus trempés à mesure que je suis traîné avec force dans l'allée sombre et éclairée par la lune. Mon entraîneur de ballet, Baker, tient mon bras dans un étau et aucune tentative de conviction ne le fera me libérer.

Au milieu d'une répétition pour Giselle, il m'a tiré de la scène et m'a traîné hors du théâtre avec un air de dégoût sur son visage aristocratique. Nous avons roulé trente minutes jusqu'à un quartier inconnu, bien en dehors de la ville. Je n'ai aucune idée d'où nous sommes ni de ce qu'il a prévu. Dieu sait que cet homme a des méthodes de coaching non conventionnelles. En tant que l'un des meilleurs, il s'en sort avec plus que la plupart. Mais ça ?

J'ai peur.

Faites en sorte que cela soit terrifié.

"S'il vous plaît, lâchez-moi." Les mots me grattent la gorge irritée. "Où allons-nous ? Je dois retourner à la répétition.

Mon professeur de ballet se moque, enfonçant ses doigts plus profondément dans l'os de mon bras. « Cela ne sert à rien que tu sois là. Tu n'es pas concentrée, Posy. Vous nous ridiculisez tous les deux.

«Je vais essayer plus fort. S'il te plaît."

Insensible à ma supplication, il me tire plus fort et je trébuche derrière lui. Où mène cette ruelle ? Il longe un entrepôt abandonné. Le seul bruit est celui de l'eau qui coule d'un tuyau d'évacuation et d'une alarme de voiture qui se déclenche au loin. Et ma respiration difficile. Mes sanglots occasionnels.

« Vous avez été choisi comme danseur principal dans la plus grande production de la compagnie depuis des années. Ils dépensent des millions pour revitaliser le théâtre et faire de la publicité auprès des masses. Tout ça parce que tu as montré tellement de promesses. Plus que n'importe quelle ballerine depuis une décennie. Et tu gaspilles cette opportunité, Posy. Pour nous deux. Et savez-vous pourquoi?"

"Non. Je ne gaspille rien...
— Tu as le sexe en tête. Pensais-tu que je ne le remarquerais pas ?
Je trébuche à la suite de ces mots. Hein?
"Je ne comprends pas ce que tu veux dire."

Baker imite ma réponse avec une impression aiguë. « Je discute toujours avec les danseurs. Fixer votre maquillage. Pensais-tu que je ne remarquerais pas que tu avais rembourré ton soutien-gorge ?

Mon visage déborde de chaleur.

Oh Seigneur. Si mon entraîneur l'a remarqué, tout le monde l'a fait aussi.

J'ai seulement ajouté une tasse finement rembourrée. Qu'étais-je censé faire d'autre après que Baker m'ait dit qu'il avait entendu les autres danseurs rire de mes « Tic Tac Tits » ? J'ai commencé à me maquiller pour la même raison. Depuis que j'ai été choisi pour incarner Giselle, je suis devenue la cible de toutes les blagues, de toutes les critiques. Je suis une cible ambulante pour les autres. Baker ne me dit-il pas constamment cela ? Raconter les choses qu'ils disent de moi ? Leurs rires à mes dépens ?

Je suis devenu tellement isolé dans l'entreprise.

Quant à parler aux danseurs, ce ne sont que mes amis – et à peine ça. Nous discutons rarement d'autre chose que des ascenseurs.

«Je peux tout expliquer. Je n'ai pas de sexe sexuel dans le cerveau. Je n'ai même jamais... » Trop d'informations, Posy. Il soupçonne probablement que je suis encore vierge à dix-huit ans, mais il n'est pas nécessaire de le lui confirmer. "Eh bien, je ne saurais même pas à quoi penser exactement. Je promets que je suis concentré à cent pour cent sur la danse. Sur Giselle. C'est juste qu'il y a tellement de pression... —

Une pression dont on cherche à se distraire... avec les garçons. Penses-tu que je suis stupide?" Nous arrivons au bout de la ruelle et il ouvre une porte en acier de sa main libre. "Vous n'allez pas gâcher cette chance pour nous."

Il m'entraîne dans l'entrepôt noir et mon cœur bat dans ma gorge, la glace formant une couche sur ma colonne vertébrale. "Pourquoi sommes nous ici ? Pourquoi m'as-tu amené ici ?

« J'ai un moyen infaillible de te guérir de cette fascination pour les hommes. Oh oui. Nous pourrons alors enfin nous concentrer à nouveau sur ce qui compte. Giselle. La puissance qui viendra avec une performance de commandement. Il allume la lampe de poche de son iPhone et la dirige dans un couloir étroit. Au bout du couloir sinistre se trouve une autre porte. La lumière brille sur les bords.

Une ombre se déplace de l'autre côté.

Il y a quelqu'un là-dedans.

"Une nuit avec mon frère fou devrait te guérir très vite, Posy." Baker rit et me tire plus fort, montrant les dents et me tirant vers l'avant de toutes ses forces – ce qui est plus que nécessaire, car le dessus de mes pointes s'enfonce dans le sol en béton, mon corps vacillant dans la direction opposée. Une nuit avec mon frère.

Une nuit avec mon frère.

Que veut-il dire ?

Comment cela me guérirait-il ?

"Je t'en prie, non. Non. Guéris-moi de quoi ? Je ne suis même pas malade. Je suis juste sous tension. Je glisse sur le sol de plusieurs mètres, me rapprochant de la porte. «Je ne savais pas que tu avais un frère. Qui est-il ? Je ne comprends pas... »

« Disons simplement qu'il n'est pas fait pour la société polie.

À ma grande horreur, nous avons atteint la porte et l'ombre de l'autre côté a cessé de bouger. Le sol grince. Bruyamment. Oh mon Dieu, celui qui se trouve derrière cette porte en acier est très grand. Un étranger. Celui qui vit dans un entrepôt abandonné et qui n'est pas digne d'une société polie. Et mon coach va me laisser ici avec cet individu ? Pour toute la nuit ?

Cela ne peut pas arriver.

Je veux dire, Baker a fait des choses folles au nom de l'entraînement. Un jour, il m'a fait marcher sur une corde raide sur du verre brisé pendant des heures. Les yeux bandés. Une fois, il m'a ordonné de rester en position pliée si longtemps que mes muscles se sont bloqués et que j'ai dû être emmené aux urgences. Parfois, j'ai l'impression qu'il apprécie ma douleur et ma confusion.

Mais ça ?

C'est à un autre niveau. Il est allé bien au-delà de ses pitreries habituelles.

Je me suis toujours demandé s'il serait plus disposé à essayer ces méthodes expérimentales sur moi parce que je suis orphelin. Pas de parents à appeler. Personne pour intervenir en ma faveur. Il y a la chorégraphe stricte mais juste de la compagnie de ballet, mais elle semble également intimidée par Baker. Qui me croirait même si je leur disais que cela se produit ? Même si j'avais quelqu'un pour me protéger auprès de mon coach, il a pris mon téléphone. Je n'ai aucun moyen d'appeler qui que ce soit.

« Smith », appelle Baker à travers la porte en acier, en frappant dessus avec ses doigts. "S'ouvrir."

Plusieurs verrous et verrous se désengagent de l'autre côté de la porte.

Et puis il s'ouvre lentement, en grinçant sur ses gonds.

Il s'agit en effet d'un très, très grand homme. Il est si grand que je dois incliner complètement la tête en arrière pour voir son visage. Quand je le vois, mes poumons se contractent et je renouvelle mes efforts pour m'enfuir.

Mais pas parce qu'il fait peur. Ou hideux.

Non, c'est le violent grognement sur son visage. C'est dirigé contre moi.

Cet homme me déteste à première vue.

S'il n'y avait pas la haine totale qui déformait ses traits, il serait presque beau. Ses cheveux noirs sont rasés jusqu'au vif, ses yeux sont d'une nuance perçante de bleu clair. Il y a une cicatrice qui lui coupe la lèvre supérieure, et une ombre de cinq heures assombrit sa mâchoire. Les tatouages couvrent chaque centimètre disponible de son cou. Il ne fait aucun doute que cet homme a été blessé quelque part le long de la ligne. C'est juste là, dans ses yeux : la douleur, la rage, le ressentiment.

« Posy, je te présente mon frère, Smith. C'est ici qu'il vit depuis qu'ils l'ont laissé sortir de l'institution. Je lui apporte des courses une fois par semaine, car il ne fait confiance à personne d'autre. Surtout les femmes. C'est comme ça que je sais qu'il n'en a pas eu depuis des années. N'est-ce pas, frère ? »

Baker me surprend en me poussant dans la pièce faiblement éclairée, juste en face de l'homme de la taille d'un Goliath dont la poitrine commence à se soulever violemment, ses paupières s'alourdissent.

« Il a trop peur de se brûler à nouveau. N'est-ce pas, Smith ? »

Smith ne dit rien, mais il y a une lueur hantée dans ses yeux, suivie d'une chaleur réticente. Il inonde et dilate ses pupilles, faisant dilater ses narines. Le regard du géant descend jusqu'à ma bouche et il s'étouffe avec un son, puis semble gêné par celui-ci... mais cela ne peut pas être vrai, n'est-ce pas ? Je suis distrait de cette pensée lorsque quelque chose effleure mon ventre et je baisse les yeux pour trouver son érection qui étire son pantalon.

Non, pas question. C'est la taille de mon bras, du poignet au coude. Plus large.

Je me retourne pour courir, mais Smith attrape mon poignet et me jette par dessus son épaisse épaule, évacuant l'air de ma poitrine. Oh mon Dieu. Est-ce un cauchemar ? Est-ce que Baker fait une blague à mes dépens ? Il va me laisser ici avec un homme qui semble dérangé ? Tout cela pour que je puisse guérir de mon intérêt inexistant pour le sexe opposé et me concentrer davantage sur le ballet ?

"D'après sa, euh... réaction à ton égard, je suppose que tu ne resteras pas indemne, Posy," commente Baker, amusé. « Si cela ne vous guérit pas de votre soudaine vanité... de votre détermination à devenir une putain de prostituée et à détruire nos deux carrières, rien ne le fera. »

« S'il vous plaît... ne me laissez pas ici », je murmure, même si je ne vois pas mon entraîneur dans ma position actuelle, drapé sur l'épaule du géant, bien au-dessus du sol.

Baker m'ignore. "Forgeron. Faites-moi une faveur. Assurez-vous que lorsque je viendrai la chercher le matin pour la répétition, elle n'aura plus de sexe en tête. Chaque fois qu'elle y repense, elle devrait être dégoûtée. Cela devrait être assez facile pour vous, n'est-ce pas ?

Encore un rire de Baker.

Et puis la porte claque, me laissant seul avec Smith.

"Le mien", grogne-t-il.

Chapitre 2

Smith

C'est difficile de se concentrer à nouveau sur le verrouillage de la porte quand j'ai ce gamin sur mon épaule. C'est ce qu'elle est. Une petite gosse dans son tutu rose, ces rubans soyeux qui sillonnent ses jambes, jusqu'au genou. Je veux les déchiqueter avec mes putains de dents. Je pense que je pourrais la sentir à des centaines de kilomètres. Non seulement elle est la plus belle créature que j'ai jamais vue de ma vie avec ses cheveux blond vénitien et ses yeux verts, mais elle sent aussi qu'elle a été trempée dans de la vanille et des poires chaudes. Je ne sais pas à quoi ressemble l'air le matin de Noël, mais dans mon imagination, il est chargé de son parfum. La magie.

Non,

pas de magie. Tromperie.

Les femelles mentent. Ce sont tous des menteurs.

Mal.

Je n'en ai jamais mis au lit parce que je n'arrive pas à surmonter mon dégoût envers les femmes assez longtemps pour me soulager. Mais celui-ci... pour une raison quelconque, je ne suis pas du tout repoussé. Encore. Je tremble presque de mon attirance pour ses jambes souples, actuellement couvertes de collants. Je salive presque à l'idée de savoir à quel point elle sera douce en dessous une fois que je les aurai arrachées.

Si elle commence à parler et que des mensonges sortent de sa bouche, je suis sûr que cette étrange possessivité s'estompera quelque peu. Devenez gérable. Je redoute et j'attends avec impatience le moment où elle deviendra comme tout le monde dans mon esprit. Malhonnête. Immoral.

Mon frère n'a-t-il pas dit qu'elle était une prostituée ?

Baker ne me ment jamais. Il me dit toujours la vérité, même si ça fait mal.

Et je n'ai pas de mal à croire qu'une femme puisse utiliser sa beauté à son avantage. Contre les hommes. Celui-ci est angélique et unique et sent le paradis. Je ne peux qu'imaginer les ravages qu'elle cause aux hommes.

Ce soir, je cède. Juste pour un moment.

Au moment où j'ai ouvert la porte et que je l'ai vue, je n'avais pas d'autre choix.

Dès que les serrures sont engagées, je me tourne et me dirige vers le miroir fissuré accroché de travers au mur, me rapprochant le plus possible pour examiner ses fesses serrées de ballerine là où il se penche sur mon épaule. Je passe ma main sur cette chair, serrant chaque joue, jouant avec le petit ourlet rose de son sous-vêtement intégré. Tirant le tissu tendu dans la vallée de sa fissure, séparant ces joues et les faisant trembler pour moi.

Elle gémit.

Bien sûr qu'elle le fait. Je suis sûr qu'elle adore être une tentation.

Rendre ma bite si dure qu'elle pourrait servir de bélier.

Je vais d'abord évacuer ma frustration sur sa chatte, puis je vais la retourner et me perdre dans ce cul. Si c'est une prostituée comme le prétend mon frère, elle gémira même et m'encouragera à labourer fort et profondément. Elle ouvrira probablement ses jambes pour ma bite sans que j'aie à les ouvrir pour elle.

J'ai mis la petite danseuse sur ses pieds, avec l'intention de la déshabiller de ce costume...

Elle me gifle violemment au visage.

Avec une telle force que je vois des étoiles clignoter devant mes yeux.

Et puis elle recule et glisse le long du mur de ma cuisine de fortune, les larmes coulant sur son visage. "S'il te plaît, s'il te plaît, ne me fais pas de mal."

Ma poitrine est soudain pleine de cailloux. Ce n'est pas ainsi que les femmes se comportent. Ils sourient et défilent jusqu'à ce qu'ils soient prêts à poignarder un homme dans le dos. Celui-ci est erratique, vulnérable et craintif. Est-ce qu'elle va vraiment faire comme si elle ne voulait pas baiser ? Les femmes ne vivent-elles pas pour le moment où elles rendent un homme faible de désir ? C'est ce que j'ai toujours cru, depuis que je suis adolescent. Depuis la série d'événements qui m'ont causé des ennuis.

Je ne les ai pas touchés. Je jure devant Dieu.

Personne ne m'a cru. À ce jour, personne ne me prend au mot.

"Je ne te ferai pas de mal", dis-je, les souvenirs rendant ma voix plus forte que prévu. Pas bien, quand j'aimerais vraiment qu'elle arrête de pleurer. Chacune de ses larmes est comme un poignard dans mon abdomen. Pourquoi? Je ne comprends pas pourquoi je m'en soucie. Peut-être parce qu'elle semble honnêtement pleurer, sans faire semblant pour le spectacle. Ou pour tromper quelqu'un. "Va dans mon lit."

"Non."

« Tu ne veux pas exercer ton pouvoir sur moi ? » Je l'atteins en deux longues enjambées et la remets sur pied, la poussant à l'arrière de ma maison avec ma main fermée autour de sa nuque. « C'est pour cela que les femmes vivent, n'est-ce pas ? Ou peut-être avez-vous déjà maîtrisé une grande partie de votre pouvoir aujourd'hui, vous êtes épuisé à l'idée d'en avoir davantage. Dommage. Tu m'as rendu la bite dure et je n'ai jamais vu une femme plus jolie de ma vie. Votre destin est scellé.

Elle bafouille. « Je ne sais pas ce que vous entendez par « dominer mon pouvoir ».

"Oui, c'est vrai," je râle, la faisant tourner pour me faire face. Et... mon Dieu. J'ai soudain envie de sauter d'une falaise à la vue des larmes accrochées à ses cils noirs et pleins. "Tu fais. Arrête de me mentir, » je demande en me fermant la gorge. « Les femmes sont toutes pareilles. Vous aimez l'attention. Vous aimez regarder les hommes se ridiculiser et les punir pour cela.

Je n'aime pas la façon dont elle fouille mes yeux, comme elle peut voir dans ma tête. Ou peut-être que je l'aime trop. Je ne sais pas. Cette femelle est très déroutante. Je veux la secouer. Mais en même temps, j'arracherais la gorge à un autre homme parce qu'il la regardait bizarrement. Soudain, je me retiens de courir après mon frère et de lui casser le cou parce qu'il lui tient le bras trop fort. Mon propre frère. Le seul qui s'en fout de moi.

« Qu'est-ce qui vous a fait croire que les femmes sont ainsi ? » chuchote Posy, ses yeux verts lumineux.

Posy.

C'est la première fois que je prononce son nom dans ma tête. Si délicat. Cela lui va parfaitement.

Elle m'ira parfaitement. Pourquoi je ne suis pas encore en elle ? Pourquoi j'hésite ?

Elle m'atteint. Avec ses mensonges. Elle m'aveugle. C'est ce que font les femmes.

Je le sais très bien.

La soulevant par la taille, je la jette sur le matelas king-size qui est placé dans le coin de la pièce et je descends fort sur elle. Elle me gifle les mains pendant que j'enlève le haut de son débardeur justaucorps, deux petits seins sortant. Mon Dieu. Je jouis presque sur la jambe de mon pantalon. Ils me rappellent les cupcakes avec une cerise dessus. Minuscule, luxuriant et gonflable. Il me faut un moment pour réaliser que je gémis. Si fort qu'elle cligne des yeux, ses mains couvrant rapidement ses seins, tout son visage devenant rose.

"Je sais. Ils sont si petits. Je... » Elle ferme les yeux et essaie de se retourner sur le côté. Pour enfouir son visage dans mon oreiller. Mais je lui prends le menton dans la main et je ne lui permets pas de se détourner de moi. Je veux voir tout ce qu'elle fait. Écoutez chaque mot de sa bouche. « Baker dit que les autres filles m'appellent Tic Tac Tits. Derrière mon dos. J'essayais juste... d'être moins visible en raison de ma poitrine plate. Je n'essayais de tenter personne.

"Je regarde tes seins, ballerine. Vous n'avez pas la poitrine plate.

«Je... ouais. Mais ils sont... —

Aussi incroyables que le reste d'entre vous, dis-je d'une voix rauque, grimaçant intérieurement devant le respect dans mon ton.

Elle cligne plusieurs fois des yeux. "Pour quelqu'un sur le point de m'agresser, vous êtes très élogieux."

Ma respiration reste bloquée à mi-inspiration. Agresser cet ange ? Cela ne peut pas être ce qui se passe ici. Je ne lui ferais pas de mal. Je mourrais en premier. « Je ne vous agresse pas. Tu veux ça."

Lentement, elle secoue la tête. "Non, je ne le fais pas."

« Les femmes aiment le sexe. Tu veux me voir perdre la tête, me taper sur ta petite chatte comme un monstre. C'est ce qui vous donne du pouvoir.

Encore des secousses de tête, sa respiration s'accélère d'une manière qui me déstabilise. "Non."

Elle ment. Ils mentent tous.

Pourquoi ai-je tant de mal à me souvenir de cette leçon durement gagnée avec cette femme qui me regarde avec ses grands yeux verts ? "Ouvre tes jambes et je te prouverai le contraire."

« Dis-moi pourquoi tu crois ces choses sur les femmes. Je... je pense qu'on t'a menti... »

« Assez ! Je lui crie ce mot au visage et le regrette immédiatement lorsqu'elle halète, essayant de s'éloigner de moi sur le lit. Non, ça n'arrive pas. Avalant mes excuses, je baisse mes hanches et la plaque contre le matelas, gémissant sur la douceur que j'y trouve. Entre ses cuisses. Gémissant encore plus fort quand elle se tortille, cherchant une sortie, ses collants râpant le denim de mon jean. Mais elle ne trouvera pas d'issue. "Je comprends maintenant. Pourquoi mon frère pense que je peux te guérir d'être une prostituée. Les hommes se couchent probablement à tes pieds, n'est-ce pas, petite fille ? Pas moi. Je vais mâcher ton corps serré et le recracher. Tu ne vas pas me gouverner. Ou faites de moi un imbécile. Ce soir, je vais prendre ton pouvoir. Peut-être qu'alors tu arrêteras de rendre les autres hommes fous.

«Je ne...»

«Assez!» La regardant dans les yeux, j'arrache l'entrejambe de son sous-vêtement intégré, enfonçant mes doigts dans le nylon de ses collants jusqu'à ce qu'ils se déchirent aussi, exposant enfin sa petite chatte juteuse. En la tenant au sol, je la regarde, abasourdi par la perfection, mes couilles se resserrant contre mon train d'atterrissage et m'étouffant presque.

"Jésus, c'est une putain d'œuvre d'art." Je me penche jusqu'à ce que je sois à quelques centimètres de sa chair, haletant, mes hanches agitées sur le matelas. "Ouvrez plus largement vos cuisses ou je vais les attacher."

Comme avant, elle me gifle. "Non."

"N'agis pas comme si tu ne voulais pas le montrer."

"Je ne sais pas!"

"Menteur. Tu veux que je sache que c'est serré. Vous voulez que je sois prêt à vendre mon âme pour une pompe. Tu veux m'enrouler si fort autour de ton doigt que je ne sais pas de droite à gauche. Sa chair s'écarte légèrement et je vois une glorieuse bande rose, toute humide et brillante. « Fils de pute, tu pourrais bien y parvenir, Posy. Si quelqu'un le peut, c'est bien vous.

Pendant que je parle, je passe ma main sur le devant de son corps délicieux, ma paume raclant le tissu grossier du tutu pour fouiller entre ses cuisses. J'approche ma bouche de la sienne et la capture dans un baiser dur - et j'enfonce mon majeur profondément entre ses jambes, voulant juste prouver qu'elle est mouillée. Et prêt. Comment pourrait-elle ne pas l'être alors qu'elle m'a rendu dur comme des ongles ? Les femmes aiment la preuve que leurs ruses portent leurs fruits. Les ruses de celui-ci sont comme une drogue.

Puissant.

Nécessaire pour vivre.

Elle ne ressemble à aucune autre.

Le mien.

En pénétrant dans son sexe, mon doigt rencontre une barrière, mais je l'enfonce trop fort pour m'arrêter à temps et je sens la douce larme - et la sensation me paralyse. Ca c'était quoi? Elle ne peut pas être... vierge ? Cette fille est vierge ?

Quand elle crie, je jure que le cœur a été arraché de ma poitrine.

Non, ce n'est pas possible. Baker ne m'a pas dit qu'elle était une prostituée ? Je ne me souviens pas des paroles de mon frère à cause du rugissement catastrophique dans mes oreilles. Qu'est-ce que j'ai fait?

Je baisse les yeux et trouve du sang couler le long de mon majeur et je le retire avec un son rauque, rassemblant son corps tremblant dans mes bras le plus rapidement possible. « Posy. Non, ballerine. Oh mon Dieu." Je me lève avec elle dans mes bras et je tourne en rond, sans savoir quoi faire. Dois-je l'emmener à l'hôpital ? "Je suis désolé. Je suis vraiment désolé.

« Déposez-moi », dit-elle en claquant des dents.

Un gémissement misérable me quitte, faisant trembler la cage de mon crâne. "Tout sauf ça."

"Vers le bas! Maintenant!" crie-t-elle, se tordant fort et donnant des coups de coude pour sortir de mon emprise, courant vers l'autre côté de la pièce dès que ses pieds touchent le sol, bougeant avec fluidité, comme la ballerine qu'elle est. Loin de moi. Pendant que je reste sur place, brisé. Elle remonte le haut du justaucorps pour couvrir ses seins, mais ses sous-vêtements et ses collants sont déchiquetés, donc tout ce qu'elle peut faire est d'utiliser l'un des panneaux transparents de son tutu pour couvrir sa chatte nue, en la maintenant en place avec elle. main droite. "Tu es un monstre."

J'acquiesce et enfouis ma tête dans mes mains, sachant que je le mérite. "C'est ce qu'on m'a dit. Cela n'a jamais été aussi évident qu'aujourd'hui. Ça fait mal d'avaler. Qu'est-ce que j'ai fait? "Toutes les femmes mentent." Je lève les doigts. « Mais le sang ne ment pas. Je suis désolé, Posy. S'il vous plaît, laissez-moi... vous rendre meilleur. Je ne sais pas comment, mais je vais le découvrir.

Lorsque je fais un pas dans sa direction, elle lève la main pour m'arrêter. « Ne t'approche pas plus près. S'il te plaît."

"Que puis-je faire?" Je lui crie dessus en me déchirant le cuir chevelu. "Laisse-moi partir."

Impensable. Autant me jeter devant un semi-remorque. "Non. Non."

Plusieurs secondes de silence s'écoulent pendant qu'elle me considère. « Alors tu pourras me dire ce qui s'est passé pour te faire croire que toutes les femmes sont des menteuses. Tu peux me dire pourquoi tu es ici.

Chapitre 3

Posy

Smith est incroyablement fort. Sa force est presque inhumaine.

Mais je suis très rapide. Agile.

Je pourrais peut-être le dépasser en direction de la porte, mais je ne parviendrais jamais à débloquer toutes ces serrures à temps. Et autant l'admettre. Il y a une partie de moi qui ne veut pas encore partir. Je suis trop curieux de connaître cet homme et ce qui l'a poussé à vivre dans cet enfer isolé. Qu'est-ce qui lui a donné de fausses croyances à l'égard des membres du sexe opposé – suffisamment pour mettre de la haine dans ses yeux lorsqu'il m'a regardé pour la première fois ?

Il souffre. Un animal blessé.

Je ne sais pas comment simplement tourner le dos.

Je vais lui parler. Je vais découvrir ce que j'ai besoin de savoir. Et une fois que je l'aurai endormi dans un faux sentiment de sécurité, je trouverai un moyen de le neutraliser suffisamment longtemps pour qu'il puisse sortir.

Ce plan me permet de prendre une profonde inspiration.

Avoir un plan d'action me permet de me convaincre plus facilement que je ne suis pas attiré par lui. Que je ne trouve pas ses yeux saisissants et son corps de guerrier attrayant.

Parce que ce serait tout simplement fou.

Est-ce que j'ai un cas accéléré de syndrome de Stockholm ou quelque chose comme ça ?

« Je vais vous dire tout ce que vous voulez savoir. S'il vous plaît, asseyez-vous. Il s'approche d'une petite table ronde entourée de trois chaises dépareillées. Il en sort un et me fait signe de m'asseoir, son expression réservée mais pleine d'espoir. "Je n'arrive pas à me concentrer quand j'ai peur que tu t'enfuies."

Mon pouls s'accélère à l'idée de me rapprocher de lui à nouveau. Assez proche pour être malmené et mutilé. Il y a eu un moment sur le lit où il m'a embrassé et la lumière a inondé ma tête. J'essaie de ne pas penser à quel point ce simple contact avec sa bouche me faisait mal. M'a fait palpiter. Il allait me forcer. "Tu n'as pas le droit de me toucher."

Ses mains se serrent en poings. Pendant plusieurs temps, ses muscles sont si visiblement tendus que je pense qu'il va ramasser la table et la jeter à travers la pièce. Peu à peu, il se détend, mais lorsqu'il me parle à nouveau, sa voix est rauque. "Je ne te toucherai pas tout de suite."

"Ce n'est pas suffisant."

"Si tu savais l'effort qu'il me faut pour ne pas te baiser à quatre pattes en ce moment, ce serait assez bien, petite fille."

Je réagis comme si j'avais été giflé.

Non pas parce que je suis offensé, mais parce que les images sont grossières et grossières... et elles provoquent une chaleur qui monte en moi. Cette chaleur descend, descend jusqu'à ce que le panneau transparent que j'utilise pour couvrir ma féminité soit d'une fragilité embarrassante. Peut-il voir l'humidité commencer à recouvrir mes plis ? Pourquoi est-ce que je réagis de cette façon face à un homme violent ?

"Très bien," je murmure. "Pas tout de suite."

Car quel choix ai-je ? J'ai déjà établi que je ne peux pas sortir sans être arrêté et potentiellement le rendre encore plus fou.

Sur des jambes instables, je traverse la pièce et m'assois sur la chaise qu'il indique, nos yeux se croisent par-dessus mon épaule, ses mains agrippant le dossier de la chaise si fort que le meuble doit être sur le point de se briser.

"Je n'ai pas l'habitude de retenir mes impulsions, Posy", dit-il d'une voix épaisse, se penchant pour inspirer juste au-dessus de la courbe de mon cou. "Mais tu me donnes envie d'apprendre."

Ma gorge se contracte trop dramatiquement pour parler. "Asseyez-vous et commencez à parler."

Jusqu'à ce qu'il commence à faire le tour de la table, je ne réalise pas à quel point ma position assise rend encore plus difficile la dissimulation de ma chair. Lorsque je croise les jambes, mon sexe est visible d'en bas.

Lorsque je les décroise et me couvre du tutu, la position me paraît indécente, jambes écartées, main en coupe à la jonction de mes cuisses. Il tire une chaise et s'assoit juste en face de moi, me regardant me battre avec indécision, son attention concentrée sur mon cœur, la raideur dépassant derrière sa braguette. Il s'écarte, sans se laisser décourager par son état d'excitation, la mâchoire fléchissant.

Je n'ai pas d'autre choix que de croiser les jambes et de jeter un coup d'œil à ma chair privée. "Un gentleman m'offrirait de quoi me couvrir."

"Je ne suis pas un gentleman." Le son de sa respiration lourde remplit la pièce. « Tu me donnes envie d'apprendre ça aussi. Mais cent ans de leçons n'ont pas pu me rendre poli avec ton parfait petit con. Ce serait une perte de temps.

C'est un défi de rester immobile quand j'ai soudain besoin de serrer mes jambes l'une contre l'autre. Pour passer mes paumes vers le haut et sur mes seins sensibles. Mais les mouvements seraient trop révélateurs et je sens qu'il me ramènerait au matelas en quelques secondes si je laissais entendre que je... qu'il... m'excite contre ma volonté. « Dis-moi pourquoi tu détestes les femmes », je murmure.

"Ils mentent. Vous mentez tous.

"Les hommes et les femmes mentent à parts égales."

"Non." Il secoue la tête. "Je ne mens jamais."

"Alors tu es une exception à la règle."

Il se penche en avant, ses yeux bleu clair focalisés au laser. "Est ce que tu mens?"

Ma réaction instinctive est de dire non, parce que je veux lui enlever sa fausse perception des femmes, mais il le saurait. Il verrait clair en moi. Et je trouve que je veux être honnête à cent pour cent avec cet homme. Je veux aussi être une exception à la règle pour lui. « J'ai menti. Des petits. Surtout à ton frère.

Son œil droit fait tic-tac. "Je ne souhaite plus que tu passes du temps avec mon frère."

"Ça va être difficile, puisqu'il est mon professeur de ballet."

Le poing de Smith s'abat sur la table. Pendant un instant, il bouillonne, puis il se relève, renversant complètement la table. "Quels mensonges lui racontes-tu?" crie-t-il.

« Comment cette conversation est-elle devenue à propos de moi ? »

"Qu'est-ce qui ment, Posy ?"

« Surtout à propos de ce que je mange », je laisse échapper. « Les ballerines, en particulier les danseuses principales, doivent conserver une certaine apparence. Je ne sais pas qui a décidé que c'était vrai, mais les managers et les chorégraphes sont très impitoyables à l'égard de tout ce qu'ils considèrent comme une imperfection. Mais j'adore les sandwichs au poulet de Wendy's. Comme c'est ridicule que mon visage soit brûlant en ce moment. « Alors, euh... oui, je mens parfois et prétends que j'ai mangé une salade d'épinards pour le dîner, alors que j'ai en réalité mangé un repas combiné au poulet croustillant. Poursuivez-moi en justice, vous savez ?

Smith est très silencieux. Me regardant pensivement sous un sourcil tricoté.

« J'ai menti une fois au sujet de mes règles pour pouvoir éviter les répétitions. Je... je ne pouvais tout simplement pas y aller.

"Pourquoi pas?"

« Une des autres danseuses... Je suppose qu'on pourrait l'appeler ma rivale. Baker l'a entendue parler en mal de moi et j'ai juste... » La chaleur se presse derrière mes yeux. «Je suppose que j'avais juste besoin d'une petite pause. Alors j'ai menti. J'ai menti, je suis sorti par la fenêtre et je suis allé me promener. Toute la journée."

Smith s'assoit à nouveau sur le siège en face de moi. Comme s'il n'avait pas simplement jeté une table entière à travers la pièce. "Qu'est-ce qu'il y a de mal à dire sur toi ?"

"Mes tours de fouetté étaient bâclés ce jour-là", je murmure. "Elle avait raison. J'avais une entorse à la cheville à ce moment-là, mais quand même. Elle n'avait pas tort.

Le silence passe. Je peux voir son esprit travailler.

Sa détresse est rendue évidente par la façon dont il secoue la tête, la poitrine se soulevant et retombant de plus en plus vite. « Vous êtes trop dur avec vous-même. Les mensonges que vous avez racontés ne valent guère la peine d'être mentionnés.

« Vous vivez dans un entrepôt abandonné, enfermé à l'écart du monde, et c'est moi qui suis dur avec moi-même ? » Un début de sourire transforme tout son visage. Juste une nanoseconde d'amusement réticent et il est soudain magnifique. Le moment est éphémère, mais il fait battre mon cœur à tout rompre. « Qu'est-ce qui, selon vous, mérite d'être mentionné, Smith ? Je demande, ma curiosité se multipliant de seconde en seconde. "Dites-moi."

Agité, il s'assoit, les muscles de sa poitrine et de son ventre fléchissant sous la lumière. Il fait rebondir sa jambe pendant un moment, puis se remet sur pied, se détournant de moi, les bras croisés. « Ma mère avait dit qu'elle reviendrait un jour et elle ne l'a jamais fait. Je ne me souviens pas quel âge j'avais. Nous n'avons pas suivi ces choses. Mais je n'étais pas encore plus grand que Baker, donc j'avais probablement six ou sept ans. Il s'éclaircit la gorge durement. "Elle a menti. Tout comme ils l'ont fait... »

« Qui sont-ils ?

Assez de temps passe et je ne suis pas sûr qu'il va l'expliquer. Puis : « Quand Baker était au lycée, lui et ses amis s'amusaient toujours avec les filles. Rentrer à la maison avec eux après l'école ou les emmener au lac. Embrasser. Faire l'idiot. Ils ont fait de moi leur guetteur. Je faisais en sorte de leur faire savoir si quelqu'un venait, notamment le père des filles. Il fait une pause. «Les filles rendaient mon frère et ses amis tellement énervés qu'ils en étaient à moitié fous. Ils les taquinaient, laissaient les garçons penser qu'ils avaient des relations sexuelles, puis changeaient d'avis. Je ne voulais pas participer à cela... laisser quelqu'un contrôler mon esprit et mon corps. Alors je suis resté loin de cette merde.

J'ai un mauvais pressentiment à propos de cette histoire.

Il y a une pierre dans mon ventre et elle devient de plus en plus lourde à chaque seconde.

« Un jour, les filles... elles n'ont pas changé d'avis. Mon frère était dans une voiture avec une fille, son ami dans une autre. Avec une autre fille. Et je me suis laissé distraire en ramassant du verre au bord de l'eau. Je l'utilise pour... » Comme pour se rattraper, il secoue la tête. "De toute façon. Mon frère est sorti de la voiture avec la fille au moment où son père arrivait. Et elle riait en se coiffant – ce qu'ils faisaient était évident. Une pause s'éternise. «Mais elle a dit à son père que je l'avais forcée. Elle a dit que c'était moi. Et l'autre fille est sortie de nulle part en disant que je lui avais fait ça aussi. L'ami de mon frère était parti depuis longtemps. Il est parti parce qu'il ne voulait pas avoir d'ennuis. Sa déglutition est audible. « La prochaine chose que je sais, c'est que j'ai été enfermé. Désigné un avocat. Ils ont trouvé mes œuvres. Toutes les bouteilles brisées. Et ils m'ont traité de violent. J'ai toujours été... rapide à atteindre mon point d'ébullition. J'ai du caractère. Mes explosions ne m'ont pas rendu service en plus de ma taille et de ma force, ainsi que des mensonges qu'ils racontaient à mon sujet. J'ai donc été interné. Pendant des années."

Les larmes me montent aux yeux. Je suis secouée en sa faveur. Je peux le voir adolescent, de la tête et des épaules au-dessus de tout le monde. Il est redoutable, même lorsqu'il reste assis. Je l'imagine facilement accusé de quelque chose qu'il n'a pas fait et son comportement permet de croire à toutes les faussetés à son sujet.

Cependant, quelque chose ne va pas dans l'histoire.

Il y en a plus ici. Peut-être plus que Smith ne sait même pas.

J'ai été témoin du comportement de Baker avec les femmes.

J'ai été victime de sa cruauté. Ses manipulations.

Smith pense que ces filles sont responsables de ses mauvais traitements, mais j'ai le sentiment que Baker est impliqué de plusieurs manières.

De plus, mon cœur et mes tripes me disent que cet homme géant me dit la vérité. La vérité, il croit. Même après m'avoir avoué qu'il avait du mal à contrôler ses pulsions. Il les contrôlait autour de moi, n'est-ce pas ? Quand il a réalisé que je ne m'amuserais pas pendant les rapports sexuels, il s'est arrêté. Il avait l'air prêt à mourir. Et maintenant, ma sympathie est un essaim d'abeilles qui bourdonne en mon sein. Mes mains tremblent du besoin de toucher. Réconforter.

Pour lui montrer à quel point on ressent du bien chez une autre personne.

Pour apaiser et guérir et... peut-être découvrir quelque chose sur moi-même dans le processus. Ignorer cette attirance pour Smith ne fonctionne pas. Je suis dix fois plus agitée maintenant que lorsqu'il a commencé l'histoire, mes tétons dans des points durs à l'intérieur de mon justaucorps, mon sexe palpitant là où il se presse contre la chaise. J'ai peur. Je n'ai jamais fait cela auparavant.

Mais il y a une intuition qui me murmure à l'oreille et qui me dit...

Cet homme est important. Tome. Je vais quand même retourner en ville dès que possible, mais avant de partir... je ne peux pas me débarrasser du sentiment que c'est exactement là que je suis censé être. Avec Smith.

Avec une forte déglutition, je me relève et me dirige vers lui, levant une main, hésitant, puis la posant sur la largeur lisse et musclée de son dos.

"M-fais-moi l'amour."

Il se retourne, lubrique et incrédule à la fois. «Je ne sais pas comment», dit-il d'une voix irrégulière, me poussant déjà vers le matelas.

"Nous apprendrons ensemble."

Chapitre 4

Smith,

    je n'arrive pas à croire que cela arrive.

    Cela signifie-t-il qu'elle croit ce que je lui ai dit ? Que je suis innocent ?

    Personne ne m'a jamais cru auparavant. Pas les infirmières ou les psychologues de l'établissement. Ils voulaient juste me donner des pilules pour apaiser ma rage et se débarrasser de moi. Ils voulaient me mettre dans une boîte marquée de mon diagnostic et me laisser là.

    Délinquant violent.

    Finalement, une partie de moi a commencé à les croire également. Peut-être que je suis un monstre. Peut-être que je ferais mieux d'être enfermé. Loin du monde.

    Mais cette ballerine et son toucher doux me ruinent. Prendre toutes les vérités qu'on m'a dit sur les femmes et les renverser. Des années et des années de critiques de mon frère sur la tromperie des femmes, suivies de procès, m'ont laissé haïr le sexe opposé, mais je ne peux pas détester celui-ci. Je ne peux rien faire d'autre que prendre son joli cul dans mes mains et la soulever du sol, choquée lorsque ses cuisses s'enroulent autour de moi, son souffle chaud me bombardant les lèvres. Elle prend mon visage dans ses mains et scrute mes yeux en hochant la tête, comme pour me faire savoir qu'elle voit plus en moi que n'importe qui d'autre.

    Oh mon Dieu. Mon cœur est coincé entre mes côtes.

    Je me sens presque étourdi sous l'assaut du besoin d'elle. Appréciation. Pour Posy.

    Mon Posy.

    « Je n'ai blessé personne », dis-je d'une voix sifflante.

    « Je sais », murmure-t-elle en frottant son nez contre le mien.

    L'euphorie descend du sommet de ma tête jusqu'à mes orteils. Je frémis, un son rauque me déchirant la gorge. Mon corps et mon esprit sont en guerre. Mon esprit veut chérir cette petite ballerine. Adorez-la pour avoir eu confiance en moi, même si je n'ai rien fait pour le mériter. Mais mon corps, ma bite, veut que ses jambes soient écartées, que ses ongles me ratissent le dos.

"J'ai peur de ce que je vais te faire."

"Je ne suis pas."

"Tu devrais être!" Je crie contre sa bouche. L'éclair d'appréhension dans ses yeux fait reculer une partie de mon urgence. Je tuerais un homme pour lui faire peur. Même moi. Sois doux, salaud. "Je ne veux plus que tu sois avec mon frère."

Elle penche la tête. "Pourquoi?"

Il y a une raison. Un bon. Mais mon esprit ne le produira pas. Je secoue la tête de frustration, essayant de déterrer la tache sombre qui persiste quand il s'agit de Baker. Il m'a rendu visite à l'institution. J'ai apporté mes courses. J'ai essayé de faire entendre raison aux filles et d'arrêter de m'accuser. Mon père était tout aussi dégoûté par les femmes, par tout le monde en fait, et il disait toujours que je ne pouvais faire confiance qu'à mon frère dans ce monde. Et maintenant, il m'a apporté cet ange. Mon Posy.

Tout ce que j'ai, c'est mon instinct qui me dit qu'il y a quelque chose qui me manque en ce qui concerne Baker.

"Je ne sais pas," je râle. "Je ne veux juste pas que tu sois près de lui, Posy, s'il te plaît."

"Nous n'avons rien à résoudre pour le moment." Elle caresse les côtés de mon visage, si doucement, si gentiment. Je la berce d'un côté à l'autre, un geste innocent qui contraste avec l'excitation. La façon dont je la palpe avec des mains impatientes. Je lui pétris les fesses et lui palpai les cuisses à travers les collants fins. Je tire son haut de justaucorps vers le bas et la secoue, la fais rebondir de haut en bas, juste pour pouvoir regarder ses petits seins joyeux rebondir. Elle se mord la lèvre et me laisse faire, me laisse jouer avec elle comme un putain de jouet, et que Dieu m'aide, elle semble même apprécier ça.

Lorsque sa chaleur liquide commence à s'infiltrer à travers la braguette de mon jean, mes genoux fléchissent pratiquement. La tenant fermement, je tombe en avant sur le matelas, appuyant sur elle avec ces jolies putains de jambes enroulées autour de mes hanches, ses chaussons de ballet soyeux s'enfonçant dans mon cul.

"Est-ce que tu aimes être la poupée de papa, Posy?"

Elle a le souffle coupé, ses yeux verts clignotent rapidement. « Tu as dit... D-Papa ?

Ai-je? Ouais. Je ne peux pas expliquer pourquoi. Seulement ça... "Je ne sais pas, ça nous convient." J'enfouis mon visage dans son cou, lavant son pouls avec ma langue. "Si tu n'aimes pas ça, je peux arrêter."

Mais mon Dieu, je ne veux pas.

Je veux la protéger. Prenez soin d'elle. Je veux être l'homme vers qui elle s'adresse quand il y a un problème. Je veux la baiser et être sa figure paternelle en même temps. Si c'est faux, je ne sais pas quoi faire. «Je n'ai jamais rencontré mes parents», dit-elle doucement, entre deux halètements, parce que je roule maintenant ses tétons durs dans mes paumes, les taquinant avec le bout de mon pouce.

La regardant dans les yeux, je me penche et lèche le sommet de sa poitrine. "Tu as ton papa ici, si tu le veux." Je me débats fort avec mes hanches et serre mes dents autour de son mamelon, la faisant crier. "Es-tu ma petite fille?"

"Oui", s'étouffe-t-elle, le dos cambré, rapprochant ses seins chauds et agités de ma bouche. Comme pour en demander plus. "Oui oui je suis. Je suis. Je suis."

Je n'ai jamais connu un tel triomphe. Pas au cours de mes vingt-sept années sur cette terre. Avoir la permission de conquérir me donne plutôt envie de l'adorer, et c'est tellement déroutant que je pense que je pourrais finir par la mutiler si je ne fais pas attention. « Rien ne m'est interdit. C'est ce que cela signifie."

«Rien», halète-t-elle.

Quelque chose me vient à l'esprit. Quelque chose d'important. J'aurais dû demander plus tôt mais j'ai été submergé par sa présence. La perfection. "Quel âge as-tu?"

"Dix-huit."

Le soulagement me frappe comme une tonne de briques. "Dieu merci." J'écrase une poignée de tulle. "Le tutu vous fait paraître plus jeune."

"Je... pourrais faire semblant", murmure-t-elle contre ma bouche, avant de se pencher en arrière pour étudier ma réaction. Comme pour s'assurer qu'elle ne disait rien de mal. Ou faux. Puis-je savoir si ce dont nous parlons et ce que nous faisons est mal ? Non, je sais juste que ça arrive. Ce sont nos corps et nos esprits qui se rencontrent et dirigent leur propre spectacle, sans logique ni éthique. "Pouvons-nous faire semblant?" reformule-t-elle timidement, cachant de beaux yeux verts derrière ses cils.

Bon Dieu, ma bite et mes couilles sont aussi dures que de la pierre maintenant, le cœur martelant ma cage thoracique. Je me connecte à elle à un niveau que je n'aurais jamais pu imaginer. Est-ce que je la connais vraiment depuis si peu de temps ? Mon âme connaît la sienne. "Faire semblant", je grogne en hochant la tête, les fronts collés l'un contre l'autre. "Je devrais commencer par m'excuser auprès de ta chatte pour ce que j'ai fait. Être si insouciant.

Elle n'a aucune idée de ce que je pense. C'est évident dans la façon dont elle cligne des yeux.

Il n'y a rien de prétentieux quant à son innocence et cela devient encore plus clair lorsque j'embrasse le centre de son corps, en mordant soigneusement sa chair souple, son ventre, ses hanches et ses cuisses. J'arrive au plus profond d'elle et je gémis devant les petites mèches de cheveux blond vénitien qu'elle essaie de cacher en croisant les jambes. N'ayant pas cela, j'ouvre ses genoux et continue d'embrasser et de lécher l'intérieur de ses cuisses, son parfum de fruit frais me faisant saliver. Je vois un filet séché de son sang vierge sur sa chair divisée, ma langue le lèche comme un festin après quarante jours de famine – et l'enfer se déchaîne dans ma tête.

Le mien.

Le mien.

LE MIEN.

Je remonte presque sur son corps et pompe ma bite à l'intérieur d'elle, ici et là. Quelque chose dans son sang vierge qui me frappe au fond de la gorge est exaltant. Comme un baptême ou une renaissance. "Ça a le goût d'un putain de sucre", je grogne avec mon nez enfoui dans sa chatte, mes mains tremblant là où elles continuent de garder ses genoux ouverts. "Demandez à papa de le lécher."

Il poings les draps. « Je... je ne sais pas... »

Sa timidité est-elle pour le spectacle ? Une partie du jeu auquel nous jouons ? Je ne sais pas. Je me perds déjà trop dans le rôle. Tellement perdu que ce n'est pas du tout un rôle. "Je le lèche, que tu le demandes ou non, petite fille. Mais je te donnerai une fessée si tu ne me donnes pas ce que je veux.

Je regarde le tremblement parcourir son corps, ses mamelons étant encore plus serrés. Une plus grande odeur de fruit frais me frappe le nez et je sais, je sais qu'elle aime l'idée de recevoir une fessée. C'est certainement pour cela qu'elle me refuse à nouveau. Elle le veut. "Je ne sais tout simplement pas..."

En utilisant seulement trois doigts tendus, je lui gifle la chatte, au point mort.

Elle s'étouffe en haletant. Et je recommence, plus fort, puis j'utilise ces trois doigts pour ouvrir sa chatte, mon visage à quelques centimètres, regardant l'humidité grandir sous mes doigts caressants, sa belle chair devenant de moins en moins un secret pour moi. Se révéler. Lorsque mon majeur caresse son clitoris, elle se lève du lit, son poing déchirant un trou dans mon mince drap. "Oh. Oh s'il te plait. S'il vous plaît, recommencez.

Bien sûr, je lui donne ce qu'elle me supplie, mais j'utilise ma langue cette fois, pour caresser longuement et soigneusement le bouton gonflé, son corps devenant instantanément agité. Rincé. Être témoin de son plaisir et savoir que je suis responsable me fait me sentir vivant, me fait me sentir pardonné pour la façon dont je l'ai traitée plus tôt. Plus jamais de ma vie je ne veux être autre chose que délibéré et prudent lorsque je touche cette femelle, mais il y a une intuition qui me saisit la colonne vertébrale et qui me dit que c'est une chimère. Ce n'est qu'une question de temps avant que je devienne sauvage.

Comment puis-je être autre chose que fou alors que je goûte au paradis, en regardant son corps se tordant, son visage partiellement masqué par le tutu rose. Ses mains quittent les draps, l'une d'elles caressant ma tête rasée, l'autre se soulevant pour caresser son sein gauche. Jésus. Comment cette créature a-t-elle pu exister sans que je le sache ? Il n'y a personne de plus hypnotique, sexuel, doux et tout sur la planète. Je ne vais pas tenir très longtemps avant la prochaine partie. Passer ma langue sur son clitoris, la taquiner avec le bout et la goûter pleinement est tout simplement incroyable et j'ai l'intention de passer décennie après décennie avec ma bouche entre ses cuisses, mais je dois mettre ma bite en elle. Maintenant. Hier. Sinon, je vais mourir.

Sachant qu'elle aura besoin d'être trempée pour me prendre, j'enfonce tout mon pouce dans sa chatte, la poussant profondément et l'étirant à l'intérieur, tout en aplatissant ma langue sur son clitoris de plus en plus fort, en la déplaçant d'un côté à l'autre...

" Oui papa!" crie-t-elle entre ses dents, frappée par son orgasme.

Sauvage?

Cela ne commence même pas à décrire ce qui m'arrive quand elle vient en m'appelant papa. M'étiquetant à vie comme son tuteur. Sa baise. Le seul homme de sa vie pour le reste de sa vie. Ce vœu est concentré en un seul mot gigantesque et modifie quelque chose dans mon cerveau. Enferme ma possession d'elle dans une position où elle ne pourra jamais être retirée.

Elle tremble, sanglote, mes lèvres sont trempées et je continue de lécher, de lécher aussi longtemps que je peux, ma bite palpitant d'agonie.

FAIS-MOI UNE FAVEUR

Anticipation. Quand j'ai maintenu son apogée le plus longtemps possible et qu'elle est devenue molle sur le lit, la tête penchée sur le côté, je glisse plus haut sur son corps rose, grognant comme une putain de bête, la bite à la main.

"Tu me donnes envie de te baiser. Violemment," râpai-je, capturant sa bouche dans un baiser tordu et haletant. "Je ne sais pas quoi faire, à part céder et espérer que tu l'aimeras autant que tu m'as aimé gifler cette chatte."

« Je le ferai », hoquete-t-elle, les yeux rivés sur les miens. "Je vais adorer."

"Pourquoi?" Je demande en lui mordant la mâchoire. Le plus légèrement possible quand je suis dans cet état de fièvre. "Comment savez-vous?"

"Parce que je veux te voir... J'ai besoin que tu ressentes ce qui vient de m'arriver." Elle passe ses mains partout sur moi, son contact comme un antidote à toutes les laideurs que j'ai vécues avant de la rencontrer. Avant que je sache qu'une telle beauté pouvait exister. « J'ai aussi besoin que tu ressentes ça incroyable. Cela a-t-il du sens?"

"C'est logique venant de toi", dis-je d'une voix rauque contre sa bouche. « Parce que tu es parfait. Parce que tu es putain de parfait.

Oh mon Dieu, je peux sentir l'animal en moi prendre les rênes.

Je baisse la tête sur le côté et grogne dans son cou couvert de rosée, frottant la tête de ma queue à travers ses plis trempés, m'arrêtant devant son petit trou serré. Frotter ma raideur là pour faciliter son ouverture. « Que Dieu aide tout homme, à part moi, qui rêve de se mettre entre ces jambes. Je le verrai sur leurs visages et je briserai leur colonne vertébrale pour cela. Ce vœu est prononcé contre son oreille. C'est gravé dans mon âme. "Papa a besoin de frapper maintenant, bébé. Tu es prêt ?

Son pouls devient fou. « Je ne sais pas », dit-elle, un peu boudeuse.

Jouer avec moi ?

Mes impulsions sont assourdissantes. M'ordonnant haut et fort de la réclamer. Dur. Sans pitié. Mais quelque chose d'autre m'ordonne d'obtenir la permission. Pour prendre soin d'elle. Pour gagner sa confiance. "Dis oui. S'il te plaît." La sueur recouvre mon corps. Je parle avec mes dents serrées. Sauvage et désespéré. « Tu es à plat ventre sur un matelas dans le sous-sol d'un entrepôt, petite fille. Avec un putain de tutu autour de la taille. Vous ne vous en éloignez pas sans prendre une bite.

Ce pouls incontrôlable bat plus fort et elle gémit, les arches de ses ballerines se conformant à mes fesses. «Oui», murmure-t-elle, et c'est tout. "Coq, s'il te plaît."

En criant une malédiction, je frappe cette douce chatte vierge avec une poussée monstrueuse.

Je la chevauche comme si j'étais damné de toute façon, alors autant sortir au plus haut niveau imaginable. Il n'y a pas moyen de m'arrêter ni de ralentir, pas quand elle est aussi excitée et aussi serrée. Mon Dieu. Mon Dieu. Petite chatte glissante et humide m'emmenant jusqu'au fond, mes hanches cognant contre ses fesses, l'arrière de ses cuisses. Je vois des étoiles, elle est si bien attachée autour de moi que je jure que sa chatte me suce. Me traire. Putain !

"Comment va la bite, ballerine?" Je grogne, léchant grossièrement la courbe de son cou, absorbant ses gémissements étranglés comme une drogue. « Cela pourrait être grand pour la première fois, mais vous apprendrez à aimer ça. Vous apprendrez à mendier, de la même manière que je vais passer ma vie à mendier pour des promenades dans ce trou étroit. J'enroule une main autour de sa gorge et pompe plus vite, le matelas gémissant sous nous, le son de mes grognements et de ma respiration difficile dans la pièce. "Petite fille. Petite fille. Dans quoi t'es-tu embarqué ?

Il ne semble pas possible qu'elle puisse se serrer davantage autour de moi, mais elle le fait. Ses yeux prennent une teinte verte plus profonde et regardent droit dans les miens, l'air zappant autour de nous comme une charge électrique. Je suis sombre. Je suis sombre à l'intérieur, mais à ce moment-là, elle défie la logique et me correspond, me rencontre à mi-chemin. "C'est toi qui est entré en moi", murmure-t-elle, resserrant ces petits muscles de chatte et me faisant braire comme une bête. "Est-ce que je me sens bien, papa?"

Des éclairs se tordent dans ma gorge, correspondant à ceux qui se trouvent au bas de ma colonne vertébrale, dans mon aine. Partout. Comment cette fille est-elle réelle et non un fantasme ? Elle est tout et plus encore. Elle est ma vie. Ma faim. Mon monde. "Est-ce que tu te sens bien?" Je réponds en écho, augmentant mon emprise sur sa gorge, mes hanches bougeant maintenant en gifles rapides, les couilles épaisses de graines. "Tu as l'impression d'être la fin du monde et le début du prochain, Posy."

Ces mots irréguliers quittent ma bouche et ses yeux se remplissent de larmes. Tout est si puissant – le moment, mon plaisir envahissant – que tout ce que je peux faire, c'est frotter mon visage dans ses cheveux et marteler, criant des mots que je ne reconnais même pas alors que le désir m'envahit et me fait chavirer, nous entraînant tous les deux. L'humidité inonde entre nous, depuis sa chatte, depuis les recoins les plus reculés de mon corps, nos corps se tendant, se ruant et grinçant. Sauvage. Putain de sauvage.

Ses ballerines s'enfoncent dans mon cul et je le perds. J'oublie d'être doux. Je lui serre la gorge trop fort et coupe ses sanglots haletants, lui faisant jouir brutalement.

Violemment, comme prévu.

Mon grand corps meurtrit son plus petit, je le sens, mais je ne sais pas comment m'arrêter pour ma vie. Pas quand elle est si douce et si profondément ancrée dans ma tête, dans ma poitrine, que je ne la ferai jamais sortir. Je la fouille sur ce matelas, en sueur et en grognant, en me rassasiant, en lui lâchant la gorge pour lui pousser les genoux jusqu'aux oreilles, en recevant les dernières giclées de mon sperme si profondément en elle qu'elles resteront. là pour toujours. Pour toujours.

"MIEN", je grogne en tombant sur elle. Terminé. Rempli et pourtant si plein à la fois.

Ce n'est que lorsque je la prends dans mes bras et que je ne trouve aucune vie dans ses membres que la panique me déchire, arrêtant presque mon cœur de battre, que je réalise que quelque chose ne va pas.

"Posy!"

Chapitre 5

Posy

Je dérive sur un nuage.

Je suis si haut au-dessus de la terre que je peux à peine le voir.

Mon corps n'a jamais été aussi... détendu. Dans la foulée du plaisir que Smith m'a procuré, j'ai l'impression de pouvoir voler. Pourquoi est-ce qu'il me crie dessus ? Il a l'air inquiet, mais mes paupières pèsent cent livres chacune et je veux juste dormir. Je veux revivre le bonheur inattendu qui m'a transformé lorsqu'il a fait le tour de ma gorge avec sa main, ce corps massif se déplaçant comme une machine au-dessus de moi. Je n'ai jamais été aussi ancré dans ma vie. Je n'ai jamais été à ma place jusqu'à présent.

« Smith », je marmonne. "Laissez-moi dormir."

Il tombe sur moi avec un juron grossier. Il respire à grandes gorgées pendant plusieurs secondes, avant de m'envelopper dans ses bras épais, de nous tourner sur le côté et de me bercer. Il me tient si près que mon nez s'enfouit dans ses poils noirs et bouclés sur la poitrine. « Ne me fais pas ça. Ne me fais plus jamais ça.

"Faire quoi?"

"Tu ne bougeais pas !"

«Je ne pouvais pas», réussis-je, toujours au bord de l'inconscience provoquée par le plaisir. "Je ne peux pas."

"Qu'est-ce que j'ai fait?" Sa poitrine se soulève avec force, ses yeux torturés. "Est-ce que je t'ai blessé?"

"Quoi? Non!" Je fends une paupière, surprise de le trouver dans une horrible détresse. Mon cœur se rebelle à la vue de son malheur et je m'empresse de le rassurer, trouvant tant bien que mal la force de déposer un baiser sur son menton ciselé. «Je suis le contraire de blessé. Vous... nous... » Je n'arrive pas à croire que ma fonction de rougissement ne soit pas brisée après ce que nous nous sommes fait et ce que nous nous sommes dit, mais voilà. La chaleur monte dans mes joues. « C'était tellement bien, je n'ai plus de tension. Je ne me souviens pas de la dernière fois où je n'étais pas tendu partout. Mal à cause de la danse. Je ne ressens rien de tout cela maintenant parce que... toi. Toi."

Un son brisé le quitte, rejetant mes cheveux en arrière. « Vous n'êtes pas blessé ?

"Non", je ris en plaçant une cuisse sur sa hanche.

Il baisse les yeux, observant la nouvelle position avec émerveillement. «J'ai été trop dur. JE..."

«Tu étais parfait. Je n'ai rien à quoi te comparer, mais je le sais toujours. Je regarde le creux de sa gorge et laisse la vérité me quitter, incapable de la contenir alors que je suis si somnolente et... entichée. Oui. Je l'admets. Il y a quelque chose à l'intérieur de cet homme maltraité qui ressemble au sentiment de perte en moi. Il me fait me sentir trouvé. «Tu as été dur. Mais j'ai adoré. Encore une fois avec le rougissement, la chaleur grimpant jusqu'à la racine de mes cheveux cette fois. "N'as-tu pas remarqué que je t'encourageais?"

"J'aurais pu l'imaginer." Son hirondelle est bruyante au-dessus de moi. "Et si je t'imaginais?"

"Vous n'êtes pas." Je presse mes lèvres contre sa mâchoire. "Vous n'êtes pas. Je suis ici."

"Ne pars pas."

"Je ne le ferai pas."

J'enroule mes bras autour du cou de Smith, il me rapproche et semble enfin se détendre, ses muscles perdant un à un leur rigidité. Sa chaleur m'envahit et je suis enfin autorisé à continuer à dériver sur mon nuage, bien au-dessus de la terre. Mon sommeil est profond et satisfait. Donc complet, quand je me réveille, je ne sais pas si des heures ou des jours se sont écoulés. Tout ce que je sais, c'est que Smith n'est plus allongé à côté de moi sur le matelas.

En m'asseyant, je regarde autour de moi et remarque pour la première fois la douche de fortune dans le coin, cachée derrière un rideau en plastique. Le support organisé d'ustensiles de cuisine et d'une bouilloire à thé. Une vieille chaîne stéréo à côté d'une pile de CD encore plus anciens.

Je trouve un T-shirt noir uni plié à côté de moi, je le ramasse et le tiens par mon nez, trouvant qu'il sent comme lui. Sombre et cru avec un soupçon de... pomme ? Mon tronc se contracte en réponse et je dois serrer mes dents sur ma lèvre inférieure pour arrêter le gémissement.

Que vais-je faire de cet homme ?

Ma carrière est à l'extérieur. Je suis danseuse principale. Le leader dans la production.

Ma vie entière est là-bas.

Pour autant que je sache, Smith habite ici et n'en sort jamais. Sinon, pourquoi Baker aurait-il besoin de lui apporter des courses ?

J'enlève mon justaucorps et mon tutu en lambeaux, abaisse la douce chemise noire par-dessus ma tête, regardant au loin pendant que mon esprit commence à rejouer les images de l'année dernière. Depuis que j'ai rejoint la prestigieuse et nouvelle compagnie de danse. C'était censé être un rêve devenu réalité, n'est-ce pas ? Ces derniers temps, cela ressemble plutôt à un cauchemar. Je suis traité comme un poney de concours, tout le monde murmure dans mon dos, mon coach me fait subir un entraînement épuisant. Il n'y a plus de joie dans le ballet.

Il a été aspiré comme la moelle d'un os.

Être avec Smith la nuit dernière est l'effet que j'ai toujours recherché avec mes pointes.

J'aime danser. Je vais toujours. C'est ma vie. Mais je ne sais pas comment je vais relacer mes pantoufles, sachant que l'effet high n'est pas accessible sur mes orteils. Seulement avec cet homme. Cet homme qui m'étouffe et me dit des mots d'amour en même temps. Qui me regarde comme si j'étais un ange lui apparaissant dans un faisceau de lumière, alors même qu'il se jette sur moi si brutalement.

Quand je réalise à quel point je respire fort, je secoue la tête, me forçant à me calmer. Dès que j'arrête mon pouls de voler à cent milles à l'heure, je me lève et me dirige vers la porte ouverte de l'autre côté de la pièce. Il fait encore plus noir de l'autre côté, mais lorsque je franchis le seuil, une lumière m'attire du plus profond de l'espace de l'entrepôt. La grande silhouette de Smith est décrite à droite. Je m'avance vers lui, grimaçant lorsqu'une petite chaîne me frappe au front. En levant les yeux, je vois qu'il est connecté à une ampoule et je tire.

L'entrepôt s'éclaire légèrement...

Et tout ce que je peux faire, c'est m'émerveiller devant les chefs-d'œuvre qui m'entourent.

Des toiles géantes recouvertes de ce qui semble être du verre brisé. Les pièces les plus sombres ont été placées stratégiquement parmi les plus claires pour créer des paysages. Des montagnes, l'océan, un bosquet d'arbres. Ce sont des œuvres d'art réalisées à partir de bouteilles brisées, de verre de mer et de feux arrière brisés.

C'est incroyable.

« Smith », je murmure. Puis plus fort, "Qu'est-ce que c'est?"

Sa tête tourne lentement, ses sourcils froncés, et je suis frappé par une intensité fulgurante. À tel point que j'en ai le souffle coupé. "Venez ici."

Je fais ce qu'il demande. Littéralement, mes pieds bougent avant que je m'en rende compte, l'anticipation battant dans chacune de mes zones érogènes. En m'approchant, j'étudie son corps voûté, la largeur ondulante de ses épaules qui bloque la toile devant lui. À sa gauche se trouve une table contenant plusieurs bouteilles cassées, du verre ébréché et un marteau. Colle.

Incapable de m'empêcher de le toucher, je tends la main et la pose sur son dos nu. Il siffle et ses muscles ondulent en réponse. Il est lui-même une telle œuvre d'art qu'il me faut un moment pour regarder au-delà de lui et la toile sur laquelle il travaille. Quand je le fais, c'est à mon tour de reprendre mon souffle. Il met la touche finale à ce qui semble être un lac tranquille sous un ciel bleu parsemé de nuages blancs. La façon dont il a utilisé des morceaux de verre brisé pour façonner des arbres, des roseaux et des montagnes au loin est extraordinaire.

"Smith, c'est incroyable", dis-je en regardant les autres toiles terminées. Une maison d'allure victorienne. Un ballon flottant dans la campagne. Un vélo garé contre la façade d'un glacier. « Cela doit prendre des semaines. Mois."

« Je n'ai que du temps », répond-il et je le sens regarder mes jambes. De toute évidence, il ne se contente pas de la simple vue, car il enroule l'ourlet du T-shirt emprunté autour de son poing et me tire plus près, inspirant par le creux de ma gorge. « La solitude est tout ce que j'ai toujours voulu. Jusqu'à maintenant."

Je lui ai dit que je ne partirais pas.

Ce moment me revient en un éclair, faisant battre mon cœur plus vite.

Pour le moment, je ne veux aller nulle part. Mais je ne peux pas rester ici indéfiniment. Comment vais-je danser ? Comment vais-je survivre sans soleil ?

"Je peux pratiquement entendre tes pensées, Posy," dit-il dans mon cou, d'un ton sombre. "As-tu besoin de t'asseoir sur ma bite maintenant pour te rappeler pourquoi tu veux rester ?" Il passe une paume sur le devant de sa poitrine nue et sur son ventre, terminant par une prise sur son renflement. "C'est prêt quand tu l'es."

Je suis instantanément mouillé. Gravitant plus près. Avec quelle facilité je pourrais me perdre ici. En lui. "Je n'ai pas besoin qu'on me rappelle à quel point nous sommes bien ensemble."

Cela le surprend à quel point je suis ouvert et honnête. Cela est clair. Ses yeux bleus se tournent brusquement vers les miens, se réchauffant d'appréciation. « Posy. Tu es à moi."

Mon signe de tête n'est que instinct et vérité. "Oui. Mais... »

« Pas de mais », dit-il sèchement.

"Pas de mais. Je ne pense tout simplement pas que vous preniez en compte certains détails importants. Je suis sous contraception, mais je n'ai pas mes pilules avec moi. Si je reste ici longtemps, Smith, je tomberais enceinte. Y avez-vous pensé ?

Je me rapproche rapidement, sa main se posant sur mon ventre. De longs doigts pointus s'écartèrent sur le plat de mon ventre, sa respiration s'accélérant. "Toi. Enceinte de mon enfant.

Le vertige me saisit. Le genre joyeux. Le genre chaud aussi, car Smith apprécie visiblement l'idée de me mettre enceinte. Je ne peux pas m'empêcher d'être excité par ça aussi. Comme il serait possessif et brutal pendant l'acte. Comment j'aurais besoin de lui apprendre à être doux avec un bébé. Mais whoa. Comme whoa. Je saute le pas si fort. "Ce n'est pas un endroit pour élever un bébé, Smith."

Plusieurs secondes de silence s'écoulent. "Demandez-moi de partir avec vous."

Je fais presque. Je veux. Mais la logique prévaut. «Je ne peux pas faire ça. Cela doit être votre choix.

Sa mâchoire est si serrée que j'ai peur qu'elle se brise comme le verre qu'il passe ses jours et ses nuits à coller sur la toile. Juste au moment où je pense qu'il n'a plus jamais l'intention de bouger, il enlève mon T-shirt, me rendant nue dans l'obscurité proche. Ses respirations sont rapides, sa poitrine plongeant et se soulevant rapidement, ses doigts descendant depuis ma gorge, sur mes tétons dressés, les lignes de mes hanches. « Je n'ai jamais mis quelqu'un sur une toile auparavant. Seulement des paysages. Il se penche, faisant tournoyer sa langue dans mon nombril et me couvrant de chair de poule. «Tu seras mon premier, dernier et unique. Pose pour moi ?

"Bien sûr." J'ai l'habitude d'être posé. Pour la danse. Mais je n'ai jamais autant désiré cette opportunité que maintenant. Tout pour garder ses yeux sur moi, mes yeux sur lui. "Où dois-je me tenir ?"

"Aussi près que possible de moi", râle-t-il, le bout de ses doigts s'éloignant pour ouvrir son jean. Il gémit en direction de la pièce supplémentaire, son érection s'épanouissant à travers l'ouverture, coincée derrière un slip noir. "Avertissement juste. Nous n'irons pas très loin ce soir. J'ai dû venir ici et travailler pour ne pas vous réveiller brutalement.

Je n'ai pas besoin de demander ce que signifie le dogging brut. Le contexte le montre assez clairement.

"Oh", c'est tout ce que je parviens à faire passer dans ma gorge sèche. «Merci de m'avoir laissé me reposer. Je n'ai pas eu un sommeil aussi profond depuis longtemps. Je suis généralement très agité.

Son regard se baisse et se fixe sur ma féminité. "Papa l'a réparé."

Un frisson brûlant me parcourt. "Oui." Pour cacher ma montée d'humidité embarrassante, je croise ma jambe droite sur ma gauche et étends mes bras en l'air, la colonne vertébrale droite, la pointe des pieds pointée. «Cette position s'appelle croisé devant.»

«C'est parfait», souffle-t-il. "Ne bouge pas."

Smith se jette de son siège sur le tabouret, disparaissant momentanément dans l'obscurité avant de revenir avec une toile vierge, tournant son poste de travail pour me faire face. Il m'étudie en secouant la tête lentement et avec plaisir, puis il sort un crayon de derrière son oreille et commence à dessiner, sa main bougeant à grands traits, le bruit des grattages et notre respiration laborieuse et rauque dans l'entrepôt silencieux, accompagné uniquement de par un filet d'eau lointain.

"J'ai du mal à me concentrer", dit-il finalement, d'un ton chargé de désir. "Tu es tellement belle, Posy. Je ne comprends pas comment tu existes.

Jusqu'à ce moment-là, je ne réalise pas depuis combien de temps je ne me sentais pas vraiment belle. J'ai été un objet, un danseur, un rouage dans la machine. Je veux partager cette révélation avec Smith, mais je sais aussi que c'est mon ouverture pour approfondir ses blocages. "Tant de femmes sont belles à l'intérieur comme à l'extérieur, Smith."

« J'ai déjà vu des femmes. Il n'y en a pas comme toi.

Ma peau se réchauffe. "Peut-être que tu me trouves le plus attirant..."

Il renifle. « N'applique pas de logique à ce que tu me fais ressentir. Je n'ai jamais éprouvé la moindre once de sentiment pour une autre femme, alors que je suis une putain de bête pour toi. Dire que je vous trouve simplement très attirant est un euphémisme ridicule.

Quand va-t-il me faire l'amour ?

À ce stade, je suis presque prêt à renverser la toile moi-même. Pour l'atteindre. Le toucher. « J'essaie simplement de faire comprendre que les femmes ne sont pas des créatures maléfiques. Il y a de la beauté en chacun de nous. Pour la première fois, je me rends compte que Baker a peut-être inventé les méchancetés que les autres danseurs disent de moi. Il a créé une faille afin de me garder isolé, dépendant de lui et de lui seul. Comportement abusif classique que je ne vois que maintenant parce que je soupçonne qu'il a fait quelque chose de similaire à Smith. « Parfois, la beauté des femmes est refoulée à cause de la peur, de l'intimidation ou de la douleur, mais elle est là. »

Il roule une épaule musclée. « Pourquoi vous souciez-vous de mon regard sur les autres femmes ? »

"Je suis une femme."

"Tu es différent", grogne-t-il.

"Non. Je ne suis pas. Je suis unique. Je suis important pour toi. Mais je ne suis ni meilleure ni différente des autres femmes. Pas même les filles qui t'accusaient de leur avoir fait du mal.

Lentement, ses yeux s'assombrissent et se posent sur les miens. "Comment peux-tu dire ça?"

« Je suis désolé que vous ayez subi un procès pour quelque chose que vous n'avez pas fait. Je suis désolé que vous ayez été traité injustement. Mais je sais, Smith... Je sais qu'il doit y avoir d'autres facteurs en jeu. Les femmes ne sont pas méchantes. Ils n'étaient pas insensibles juste pour le plaisir de l'être. Je le crois vraiment.

"Qu'est-ce que tu dis? Ils avaient une raison de mentir en plus de ruiner ma vie ?

J'acquiesce.

Mes bras sont toujours au-dessus de ma tête et commencent à trembler, tout comme le reste de moi. « Ton frère m'a laissé ici avec toi contre ma volonté, Smith. Pensez-y. Il t'a demandé de lui rendre un service," murmurai-je. "Maintenant que je te connais, je suis tellement contente qu'il l'ait fait, mais tomber amoureux de toi n'était pas son objectif. C'est peut-être ce qui s'est passé, mais il n'aurait jamais pu le prévoir. Il voulait que tu gâches mon plaisir de faire l'amour, pour que je puisse me concentrer sur la danse. Vous l'avez entendu.

Smith est resté très immobile.

Je ne sais pas s'il a compris ce que je lui ai dit et s'il arrive à la même horrible conclusion à propos de Baker que moi. Je ne sais pas s'il est simplement en colère. Dégoûté...

Mais ensuite, cela me vient à l'esprit.

Je lui ai dit que je l'aime.

Je... l'aime. Je ne peux pas croire que ce soit possible après si peu de temps. Mais mon cœur le sait.

Mon cœur appartient à cet homme. Il le connaît simplement. Il sait que c'est vrai.

Lorsque Smith écarte la toile et se précipite vers moi avec une poitrine haletante, je n'ai pas d'autre choix que de laisser la tempête qui est... mon petit ami ?... me prendre et m'emporter.

Chapitre 6

Smith

Cette fille est amoureuse de moi.

Dès qu'elle a fait cet aveu, ma peau s'est sentie protégée par une armure. Elle m'a redonné un nouveau souffle dans mes poumons, même si je suis incrédule. J'ai volé sa virginité, elle n'est visiblement pas d'accord avec mes sentiments à l'égard du sexe opposé. Je vis dans l'obscurité et elle vit sous les projecteurs et pourtant, d'une manière ou d'une autre, elle m'aime. C'est un putain de phénomène.

Dans les quelques pas qu'il me faut pour atteindre son corps doré et nu, je fais le vœu d'écouter ce qu'elle me dit. Considérer que je pourrais avoir tort, même si... ce chemin mène à d'autres terribles vérités que je ne suis pas encore prêt à affronter. En ce moment, tout ce que je sais, c'est que ma peau doit être en contact avec la sienne. J'ai besoin de contrôler son plaisir, les respirations qu'elle prend, chaque petit hoquet et gémissement qui sort de sa bouche. Tout à moi. Tout ce que je fais.

"Si je ne l'ai pas rendu évident," grinçai-je en rapprochant nos fronts et en saisissant ses hanches dans mes mains, "je suis amoureux de toi aussi. Je suis amoureux de vous. Je t'aime." Nos bouches se rejoignent dans une fusion chaude de lèvres et de langue, mes paumes se déplaçant pour serrer fermement ce joli cul, le poussant haut contre mon corps afin qu'elle puisse enrouler les jambes de cette danseuse époustouflante autour de ma taille. Dès qu'elle le fait, dès que la chair lisse de l'intérieur de ses cuisses repose sur mes hanches, je place mon majeur contre son trou de cul, léchant le gémissement qui en résulte de sa bouche. En appuyant plus profondément sur ce chiffre. "Je vais baiser ça."

Sa tête penche en arrière, me permettant de lécher la courbe de sa gorge et d'enfouir mes dents dans sa mâchoire délicate. "V-tu l'es?"

"Quand papa dit chien cru, ça veut dire ces deux jolis petits trous, bébé." Ses lèvres humides sont entrouvertes et haletantes contre les miennes, transformant mes couilles en pierres lourdes et palpitantes. «

En fait, faites trois jolis trous. Je veux t'embrasser en sachant que ma bite a été dans ta bouche.

Je suis déjà en train de sortir en trombe de la salle d'art, de retour vers l'endroit où je dors. Je suis tellement sensible que je pourrais m'effondrer par terre et maintenant elle fait ce truc. Miaulant à mon oreille et touchant ma langue avec mon cou. Lécher timidement. Je suis un homme très méchant, je veux lui foutre la gueule, mais elle me détruit. Ça me rend fou. Ma seule grâce salvatrice est de me souvenir des instants qui ont suivi la première fois où nous avons couché ensemble.

Tu as été dur. Mais j'ai adoré.

Cette femelle étonnante a été construite exactement pour moi. Pour mes manières grossières et mon agressivité lorsqu'il s'agit de relations sexuelles avec elle. Je n'arrive pas à croire qu'on m'a offert cette femme, mais je ne remets pas en question ce cadeau.

Je la jette sur le matelas et jette mon jean, mon slip, me mettant à genoux de chaque côté de sa tête, me branlant avec mes couilles se balançant au-dessus de sa bouche scintillante. La sueur colle à chaque centimètre de mon corps. Je suis incapable de desserrer mes dents, alors je parle à travers elles, mon corps tremblant du besoin de entrer en elle. Sur elle. N'importe où, du moment que ma venue se termine avec Posy.

"Allez," je grogne, en barbouillant son menton et ses lèvres. "Dites-moi que je peux mettre ma grosse bite dans ta petite bouche de ballerine."

"Tu peux", murmure-t-elle en passant ses mains sur mes cuisses poilues. "Je veux y gouter."

Frénétique d'avoir cette précieuse chaleur enveloppée autour de moi, je me laisse tomber à quatre pattes, positionné sur son visage, et je me glisse longuement et lentement, mes putains de cuisses tremblantes, les yeux fermés. "Oh Jésus." Je plonge dans et hors du miel chaud, forçant mes yeux à ouvrir pour pouvoir regarder ses lèvres s'étirer autour de ma bite, la façon dont ses yeux deviennent de plus en plus somnolents à chaque fois que je m'abaisse, glissant de plus en plus loin sur sa langue jusqu'à ce que Finalement, elle tousse un peu autour de mon axe, me faisant savoir que c'est tout. "Bonne fille. Sur le dos, en train de sucer une grosse bite. Douce petite chose, laisser papa chevaucher cette bouche sexy. Une si bonne fille.

Je ne sais pas si c'est la façon dont je lui parle ou si sa gorge se détend, mais je m'enfouis plus profondément lors de ma prochaine pompe, mon gémissement guttural résonnant dans la pièce.

« Attention, sinon je vais m'effondrer. Je ne veux pas faire ça avant que ce soit dans ton cul, Posy. Mieux vaut se surveiller. Ne me suce pas trop bien.

Mon avertissement arrive trop tard, car elle a maintenant deux mains autour de mon érection, la pompant et la tordant dans ses poings, me guidant encore et encore entre des lèvres humides et gourmandes, sa bouche s'ouvrant de plus en plus large, s'étirant pour s'adapter à ma longueur croissante.

Putain, elle est bonne.

Si désireux et généreux que je supporte à peine le plaisir.

Pas question que je tienne plus longtemps dans cette bouche. J'essaie déjà de négocier avec moi-même. Descends dans sa gorge cette fois, baise-lui le cul quand je bande à nouveau. Mais non. Non, je suis parfaitement conscient que le sous-sol de l'entrepôt n'est pas son monde et qu'elle pourrait essayer de partir. Cela signifie la réclamer. Maintenant. Lui plaire. Maintenant.

Avec un grognement frissonnant, je sors ma bite de la bouche de Posy et la retourne face contre terre, je m'abats sur elle durement, lui coinçant les hanches pour qu'elle n'ait aucun moyen de s'échapper. Je mets ma main autour de sa gorge fine là où elle appartient, mords son lobe d'oreille et enfonce ma bite dans son petit trou de chatte serré, la frappant avec de méchantes écopes de mes hanches, lui donnant ma bite à un angle vers le haut, en sachant le plus. la partie sensible de sa chatte reçoit des frictions.

"Tu seras toujours servi quand tu seras sous moi", dis-je contre son oreille. "Je suis peut-être gros et méchant, mais ton clitoris me fouette. Je vais te baiser méchant, mais tu seras méchant aussi.

"Je sais," haleta-t-elle dans le matelas. "Je te fais confiance."

Je fais un bruit irrégulier. Pourquoi ? Qu'ai-je fait pour faire de cette fille ma championne ? Je ne sais pas, mais je ne vais pas tout gâcher. Je la chérirai comme de l'or. Elle sera ma princesse jusqu'à la fin des temps. "Mais cette princesse se fait baiser à quatre pattes. N'est-ce pas ? Je la pénètre sans pitié, ses hanches inclinées pour en prendre le plus possible, ses fesses tremblant contre mon ventre. "Cette princesse a choisi un gros papa qui mourra s'il ne tape pas ce petit connard." Je lui serre la gorge, sentant son pouls contre le bout de mes doigts. « N'est-ce pas ? Choisissez-moi ? Dis-le, Posy.

"Je te choisi." Je la raille comme un chien maintenant, je grogne dans ses cheveux, je regarde accidentellement ces chaussons de danse et je m'effondre presque en conséquence. "Je te choisi !"

Mon Dieu, je salive. Je transpire. Mes couilles sont prêtes à exploser.

C'est le conte de fées auquel je n'ai jamais cru, cette fille.

Je chevauche sa chatte comme si ma vie dépendait de notre orgasme à tous les deux - peut-être que c'est le cas. Je mourrai si je ne lui donne pas de plaisir, alors je libère sa gorge, glissant ma main entre le matelas et son sexe, mettant mon majeur entre le haut de sa fente et inquiétant ce joli clitoris, écoutant son pantalon , griffe le matelas en réponse.

"Papa. Papa."

Oh mon Dieu. Je vais devenir fou.

Elle est trempée de sueur, son trou se resserre de seconde en seconde. Un rêve devenu réalité. Je la prends de manière imprudente, dure, rapide et sans pitié, mais je ne peux pas m'arrêter. Je ne peux pas m'arrêter. Et quand elle se redresse enfin et gémit mon nom, son apogée recouvrant ma bite, je me force à me retirer et à positionner ma bite près de l'arrière de son cul. Je suis longue, gonflée et couverte de jus de princesse, allongée sur ces joues tendues.

Il faut réclamer.

Réclamez chaque centimètre d'elle.

Je crache sur ce trou visiblement intact et passe un doigt à l'intérieur, faisant taire Posy lorsqu'elle pousse un cri d'alarme. Encore une fois, elle étouffe un bruit lorsque j'ajoute un deuxième chiffre, la tordant et la préparant, ma bite martelant là où elle repose sur ses fesses. Violet, marbré et colérique. Plus vieille que sa chatte de neuf ans et tant pis. Qu'il en soit ainsi, putain.

En écartant ses jambes avec mes genoux, j'enfonce ma bite dans ce pli rose, la sueur coulant de mon front sur son dos. « Papa comprend tout. Dis-le."

Que le ciel m'aide, elle lève ses fesses comme une offrande. "Vous comprenez tout."

En gémissant à sa permission, j'appuie profondément – j'appuie deux fois – et je cingle comme un enfoiré. Ma semence remplit son cul serré, se déverse sur ses petits pains, roule en ruisseaux qui voyagent dans toutes les directions. Tout ce que je peux faire, c'est crier des jurons au plafond pendant que mes couilles tremblent, les muscles de mon ventre contractés jusqu'à l'agonie. En équilibre sur mon poing gauche, je me penche et étale mes dépenses sur les monticules de ses fesses et le bas de son dos, grognant de satisfaction alors que j'accomplis la tâche possessive. « Assez chic. Comment je me sens dans ce cul ?

"Différent", murmure-t-elle en se penchant autour de moi, me faisant pleurer. "Bien."

J'éclate encore à la confirmation qu'elle apprécie ça, mon abdomen se tordant douloureusement, m'essorant. "J'ai été en toi partout maintenant," dis-je entre mes dents. « Aussi profond que possible. Pas question de me sortir. Pas de fuite pour toi.

Sa joue est pressée contre le matelas, la bouche haletante. "Je ne veux pas m'enfuir."

Ce vœu invite les dernières gouttes à sortir de moi et je tombe sur elle, utilisant le reste de mon énergie pour nous faire rouler sur les côtés, l'écrasant de près, son dos courbé vers mon devant. Ma bouche bouge dans ses cheveux, mes mains caressent ses bras, ses hanches et sa taille bien-aimés. Je lui répète mon amour encore et encore jusqu'à ce qu'elle s'endorme.

Elle reste. Elle ne part jamais. Elle m'a dit qu'elle ne le ferait pas.

Pour la première fois de ma vie, je fais confiance à une femme...

Et je prie pour ne pas le regretter.

Chapitre 7

Posy

Je me réveille en frappant à la porte.

Les coups forts sont suivis de cris – et je connais cette voix de colère dans mes os. C'est mon entraîneur et il est enragé. Je suis trop désorienté pour m'asseoir. J'arrive à peine à ouvrir une paupière avant de la refermer, repoussé par l'idée de la lumière et de la vie et de quitter ce matelas. Je suis nue, enveloppée dans une couverture, les pointes finalement retirées au cours des dernières heures. Ou des jours. Depuis combien de temps suis-je ici ?

Smith s'assoit à côté de moi sur le matelas, la tension commençant à enrouler ses muscles.

Inconsciemment, je passe mes mains sur son dos et ses bras musclés, me mordant la lèvre à la vue de son érection. Il est toujours prêt à me faire plaisir. Combien de fois m'a-t-il emmené depuis la première fois ? J'étais au dessus, face contre terre, au-dessus de la table, frappé contre le mur. J'ai tremblé avec tellement d'orgasmes que chaque muscle de mon corps est douloureux, à l'intérieur comme à l'extérieur. Et pourtant, j'ai très mal de l'avoir à nouveau au-dessus de moi, ce grand corps se déplaçant selon des mouvements vicieux.

Mon corps est devenu progressivement accro au soulagement qu'il m'apporte et j'en ai besoin maintenant.

J'en ai besoin maintenant.

Mais on frappe encore. Plus fort.

«C'est Baker», dis-je, presque trop somnolent pour former des mots. "Vas-tu le laisser entrer?"

"Non", dit immédiatement Smith en secouant la tête. C'est à ce moment-là que je remarque la sueur qui se forme à la racine de ses cheveux, la qualité de sa mâchoire. "Il est là pour vous emmener."

Emmène-moi où ? Loin du plaisir ?

Je crois que non.

"Quel jour est-il?" Je bâille. Comme Smith ne répond pas, je le lui demande à nouveau, les nerfs commençant à se frayer un chemin sous ma peau. « Quel jour sommes-nous, Smith ? »

"Samedi."

"Samedi", je respire, mes sens reviennent en ligne, l'alarme s'infiltre. « C'est la soirée d'ouverture du spectacle. Je suis ici... cinq jours ?

Il est hors de question que Baker ait attendu cinq jours pour me récupérer. J'ai raté trop d'entraînement.

Tout me revient précipitamment.

La musique hip hop forte que Smith jouait tout en m'emmenant encore et encore sur le matelas. Je n'entendais rien d'autre que nos gémissements, je ne ressentais rien d'autre que lui. Le monde n'existe plus depuis cinq jours. Seulement Smith. Seulement l'extase. Était-il intentionnellement noyé les coups frénétiques de mon entraîneur ? Cependant, il ne peut pas dissimuler le son maintenant. Pour une fois, la chaîne stéréo de l'autre côté de la pièce est silencieuse. Mais les battements de mon cœur sont plus forts qu'un tambour d'acier.

« Il vient ici pour vous emmener tous les jours », dit Smith d'une voix épaisse. « Ne t'inquiète pas, Posy. Je ne le laisserai pas. Pendant qu'il prononce ces mots, il me roule sur le dos et me pénètre dans une pompe rapide, ses yeux fixés sur la porte pendant de longs instants avant de commencer à perdre leur concentration et il se met à gémir, longuement et guttural, les gifles de notre chair. de plus en plus fort, plus vite - et que Dieu m'aide, je lève les genoux et roule le bas de mon corps, chassant l'éclair qu'il me donne avec son énorme manche. Je griffe ses épaules et me cambre, entrant dans un état de délire que je sais dangereux, mais le brouillard est si épais que je ne peux pas l'écarter ou le traverser. Cela m'entoure. Je suis propriétaire.

Smith montre les dents à la porte.

Il passe une main autour de ma gorge.

"Le mien!"

Les coups font trembler la porte sur ses gonds.

Je gémis le nom de Smith et il y a un bruit dégoûté à l'extérieur de la pièce. "Ça le fait. J'appelle la police », grogne Baker. « Il nous reste trois heures avant le rappel, Posy !

Trois heures.

Au rappel.

Le front de Smith se presse contre le mien. "Je vais si bien te lécher et te baiser, petite fille, tu ne sauras même pas que trois heures se sont écoulées." Il se penche entre nous et appuie le bout de son pouce sur mon clitoris, me coupant le souffle. "À partir de maintenant. Rendez les dernières poussées de papa bonnes et crémeuses.

Je suis tellement sensible. Si sensible et préparé que mon apogée atteint automatiquement son apogée et que je sanglote, tremblant, regardant Smith dans les yeux et tombant de plus en plus profondément amoureux à chaque seconde. Mais quelque chose ne va pas...

Il y a quelque chose...

La main de Smith se serre sur ma gorge et il appuie fort, s'enfonçant si profondément, je jure que je peux le goûter au fond de ma gorge et j'explose à nouveau en criant son nom, ma chair dans un état de torture. un flex qui ne finit jamais, ne finit jamais. Ses dents sont enfouies dans mon cou et il est... puis-je appeler ça autrement que baiser à ce stade ? Il a ramassé mes genoux sous ses avant-bras et ses hanches se heurtent aux miennes en succession rapide, son sexe gonflant à l'intérieur de moi, les yeux révulsés dans sa tête, grognant, jurant... et finalement expirant mon nom, une chaleur humide m'envahissant dans un façon dont je suis devenu impatient. Tellement incroyablement impatient.

Sa semence est à moi.

Je me languit de mon prix. J'adore le gagner.

Je l'aime.

Mais c'est la soirée d'ouverture de Giselle et j'ai travaillé toute ma vie pour ça.

La danse a été dépourvue de plaisir ces derniers mois, mais quelque chose en moi se libère après cinq jours de plaisir intense. Je sais comment l'atteindre maintenant. Sans réservation. Smith m'a rappelé comment briller, comment sauter. J'ai hâte d'être sur scène, même si être dans son lit me manque déjà.

Dès qu'il se laisse tomber sur le matelas à côté de moi, son dos musclé couvert de sueur, sa respiration irrégulière, je me lève sur des jambes en gélatine et m'enveloppe dans la couverture, trébuchant jusqu'à la porte. Avant que je puisse enrouler ma main autour du bouton, Smith coince son énorme corps entre moi et la sortie, ses yeux s'assombrissant comme des nuages d'orage.

"Que fais-tu?" demande-t-il avec méfiance. Froidement.

La température dans la pièce semble baisser de vingt degrés. « J'ouvre la porte. Nous ne pouvons pas simplement l'ignorer.

Ses respirations sont prudentes. Mesuré. Comme s'il essayait de se contrôler. « Tu as réussi à l'ignorer depuis des jours, Posy. Il t'a écouté gémir pour ma bite à travers la porte.

« Tu jouais de la musique... tu m'as submergé exprès... »

« Ça ne te dérangeait vraiment pas », énonce-t-il entre ses dents.

Cela ne va pas être facile. Il ne va pas rendre les choses faciles. Je peux voir ça. « Vous devez me laisser partir. Tu dois me laisser danser.

"Tu as dit que tu ne partirais pas", crie-t-il en me calant contre la porte avec des yeux fous, m'enlaçant de ses bras ondulants.

"Je ne te quitterai jamais." Je lève la main et encadre son visage avec mes mains. "Smith, tu dois avoir confiance que je reviendrai."

Il respire vite, fort. Les yeux deviennent vitreux. « Faire confiance à une femme ? Jamais."

Cette déclaration est comme une gifle.

J'inspire et le repousse. Il refuse de bouger d'un pouce, mais ses yeux sont remplis de regret. Pas assez pour éclipser la panique et la colère, mais elles sont là.

"Posy..." murmure-t-il misérablement. « Je suis... »

« Allons-y, Posy », grince Baker à travers la porte. « Ne laissez pas la doublure vous usurper le rôle de danseur principal. Nous avons travaillé trop dur. »

J'entends mon entraîneur. Ses paroles ont un impact. Mais l'homme devant moi est pleinement concentré. "Dites-moi que vous me faites confiance pour revenir", réussis-je, la chaleur brûlant l'arrière de mes paupières. « Si nous avons la moindre chance, il faut qu'il y ait de la confiance. »

Il ouvre la bouche...

Hésite.

Je sursaute.

"Tu m'as brisé le cœur", halète-je, me baissant sous ses bras et rassemblant tout ce que je peux attraper tout en gardant la couverture autour de moi.

"Non. Vous avez cassé le mien. Vous l'arrachez. Il traverse la pièce nu et abat son poing au milieu de la table de la cuisine, la fendant en deux, les meubles s'effondrant dans un tas de bois. Même au milieu de sa rage, il est magnifique. Bouillonnant de muscles. Plus beau que ce qu'aucun artiste pourrait représenter en sculpture. « Je vais mourir sans toi. Je vais brûler vif. »

Ma poitrine s'effondre. "Alors viens avec moi."

Il secoue déjà la tête. Agité, il rôde d'un bout à l'autre de la pièce, passant ses doigts sur son cuir chevelu tondu. Il veut me toucher. Après cinq jours passés à avoir nos âmes enfermées ensemble, c'est pour moi évident que respirer. Mais en fin de compte, j'en ai trop demandé, trop tôt. Peut-être que nous l'avons tous les deux fait ? "Vous avez fait votre choix."

Avant que je puisse répondre à cette déclaration saccadée, il fait irruption dans la salle d'art.

Et un par un, il détruit ses chefs-d'œuvre à coups de marteau, en criant des jurons à pleins poumons. Je regarde cela se produire avec des larmes coulant sur mon visage, mon cœur en lambeaux pitoyables.

Cependant, je ne peux rien faire pour résoudre ce qui se passe. Non sans abandonner tout ce que je suis. Tout mon potentiel. Je ne peux pas rester ici pour toujours. Je ne peux pas confier mon cœur à quelqu'un qui ne me donnera jamais la même confiance en retour.

Je ne peux pas non plus renoncer à danser, ce que j'aime, parce qu'il est trop endommagé pour essayer de vivre dans le monde réel avec moi. L'amour éternel m'alourdit alors que je sors de l'entrepôt, mais j'y vais quand même. La réalité

Chapitre 8

Smith

— du moins celle que j'ai créée pour moi-même — me revient sous forme d'extraits de conscience. Je suis allongé sur le côté au milieu du sol de l'entrepôt, entouré d'éclats de verre. Certains d'entre eux se sont enfouis dans ma peau, mais je ne ressens rien d'autre que la blessure de sortie de mon cœur. Le bruit des gouttes d'eau envahit mon état catatonique, la douleur dans mes mains après avoir brisé mes œuvres d'art, la couche froide de sueur sur ma peau. Et surtout, le trou au centre de ma poitrine, là où se trouvait mon cœur. Elle l'a pris. A volé.

Posy.

Je veux être en colère contre elle. Je veux la détester.

Elle m'a fait tomber si profondément amoureux d'elle que mon existence prend soudain un sens. Cela avait un but – elle – et puis elle est partie. Mais je ne peux pas la détester parce que mon amour pour elle continue de l'étouffer. Ma faim. Mon obsession. Elle est à moi et j'ai besoin d'elle. J'ai besoin d'elle.

Si nous avons la moindre chance, il faut qu'il y ait de la confiance.

Ses mots dérivent des ténèbres et mon sang devient chaud, martelant mes tempes. A-t-elle raison ? Si je lui fais confiance, puis-je la récupérer ? Comment puis-je y parvenir alors que ma capacité à faire confiance a été si complètement piétinée ? Et maintenant, elle m'a quitté. M'a quitté après avoir dit qu'elle ne le ferait pas. Je serais idiot de trouver de l'espoir dans tout ce qu'elle dit, n'est-ce pas ?

Si nous avons la moindre chance, il faut qu'il y ait de la confiance.

Je roule sur ma poitrine et me frotte la tête contre le sol en béton, la frappant une fois. Deux fois. Aucun dénigrement ne fera sortir sa voix et son image de mon cerveau. Mais j'ai besoin de la voir en personne, sinon je vais perdre tout ce qui me reste de raison.

Et il y a autre chose.

Une épine sous ma peau qui se tord et se tord, me disant qu'elle n'est pas en sécurité. Elle n'est pas en sécurité loin de moi. Il y a une menace pour mon Posy là-bas. Mon instinct me dit quoi... qui... représente cette menace pour elle – et j'ai peur de croire ce que mon instinct me dit. Parce que ça veut dire que Posy est en danger. Et ça veut dire que j'ai cru à beaucoup de mensonges au fil des années. De mon frère. Boulanger.

M'a-t-il amené Posy parce qu'il me récompensait ?

Ou la punir ?

Un grognement transforme mon visage et je me relève lentement, trébuchant vers l'autre pièce. Se précipiter pour prendre une douche et changer de vêtements, même si ceux-ci sont également usés et vieux. Pas digne du ballet, loin de là, mais je dois y aller. J'ai besoin d'être avec elle ou je suis certain que je vais arrêter de respirer.

"Posy", je râle en me précipitant vers la porte d'entrée de ma maison. Cependant, je ne suis pas sorti depuis des années, mais maintenant j'ai encore plus peur de rester à l'intérieur de ces quatre murs sans plus jamais sentir son doux parfum. Ne jamais la tenir dans ses bras, l'embrasser ou entendre sa voix. Non, je ne peux pas le faire. Je ne peux pas. Et je pense qu'elle pourrait être en danger. Si ma fille a besoin de moi, je serai là. Même si elle m'a arraché le cœur, je la retrouverai encore et encore. C'est ma vie maintenant. Aller vers elle.

Un instant plus tard, j'entre dans un coucher de soleil orange et ma main se lève pour protéger mes yeux. De l'autre côté de la rue, des enfants passent à vélo et me regardent bouche bée, pédalent plus vite.

« S'il vous plaît », leur crie-je d'une voix rauque. « Où puis-je trouver le ballet ? »

Je suis un lépreux parmi l'élite.

Marchant à travers une mer de costumes et de paillettes, les différences entre moi et Posy s'enregistrant comme des poignards dans mon ventre. Peut-être que j'ai plu à son corps pendant un certain temps, mais elle est partie parce qu'il n'existe aucun monde où la beauté a un sens avec une bête – et c'est ce que je suis. Rôdant dans l'allée centrale du théâtre recouverte de tapis rouge pendant que les violons et les violoncelles frappent leur crescendo dans les airs. Il y a des ballerines sur scène. Cependant, aucun d'eux n'est elle et ils pourraient donc tout aussi bien être invisibles. Je la veux maintenant. J'ai besoin d'elle maintenant.

Je ne réalise pas que je prononce ces mots à voix haute jusqu'à ce que les agents de sécurité se précipitent dans l'allée, les mains rampant jusqu'aux hanches, comme s'ils étaient sur le point de dégainer leurs armes. "Monsieur ? Tu as besoin de qui ? Ils s'approchent de moi avec prudence, les clients commençant à fuir dans l'allée derrière moi et sur les côtés du théâtre. "Qui avez-vous besoin? Cherchez-vous quelqu'un ?

"Posy", je sors de ma gorge crue. "Maintenant!" Je crie, ma peau devenant trop tendue pour mes os. J'implose sans la voir. Son odeur. Plus je suis loin d'elle, plus je perds ma volonté de vivre. "Posy!" Je beugle à pleins poumons.

Comme si je lui avais vraiment fait signe avec mon entrée désarticulée, elle flotte sur scène dans un nuage de plumes blanches et de diamants étincelants...

Et mes genoux ne fonctionnent plus. Je tombe au sol, secoué. Impressionné.

Je le savais. Je savais que c'était un ange.

Elle n'a visiblement pas remarqué l'agitation que j'ai provoquée en essayant de la retrouver et continue de danser, complètement perdue dans le bruit obsédant des cordes, son corps sautant dans les airs et tournant gracieusement, comme sorti d'un rêve. Un fantasme. Paradis.

Cette fille était sous moi il y a seulement quelques heures avec ses cuisses écartées avec tant d'impatience ? La même fille qui a renversé ses hanches sur moi, tordant les poils de ma poitrine dans ses poings et m'appelant papa ? Je ne suis pas digne d'une femme qui peut être la meilleure des deux mondes, mais me voici. Cassé. Agenouillée ici, incapable de passer plus de jours de ma vie sans elle, même si elle passe chacun d'entre eux à me trahir. Me piétinant le cœur.

"Sois juste à moi", je murmure en me remettant sur pied. "S'il te plaît. Peu importe, Posy."

Les gardes tentent de me barrer le chemin, dégainant finalement leurs armes, mais je ne m'arrête pas. Je ne peux pas m'arrêter. Parce qu'elle me regarde enfin, figée, la main droite tendue.

« Smith », dit-elle.

Mon frère se place devant moi, me bloquant la vue sur Posy, et je rugis entre mes dents, essayant de me frayer un chemin. Cependant, plusieurs autres agents de sécurité sont arrivés dans l'allée. Plus d'une douzaine d'entre eux. Ils tentent de me plaquer au sol. Je combats. Je me bats pour tout ce que je vaux et je garde les yeux rivés sur elle, déterminé à l'atteindre. J'ai besoin de la toucher. J'ai besoin de sa peau sur ma putain de peau. "POSY!"

Les larmes commencent à couler sur ses joues, elle fait un pas dans ma direction, jusqu'à ce que mon frère se retourne et la coince d'un regard. "N'ose pas," lui lance-t-il. "Tu en as déjà fait plus qu'assez, clochard."

Je regarde la peur envahir ma fille. À cause de Baker.

Elle a peur de lui.

Ma théorie est confirmée.

Les choses qu'elle m'a dites à l'entrepôt reviennent sous forme d'extraits qui font écho.

Ton frère m'a laissé ici avec toi contre ma volonté, Smith. Pensez-y.

Il vous a demandé de lui rendre service.

Je me souviens de Baker à la barre des témoins lors de mon procès, affirmant qu'il ne se souvenait pas exactement de ce qui s'était passé ce jour-là au bord du lac. Comment les deux filles se sont recroquevillées lorsqu'il est entré dans la salle d'audience. Des choses que j'ai bloquées de ma mémoire. Ou des souvenirs brouillés par tous les médicaments copieux qui ont suivi. Mais je m'en souviens maintenant.

Il a fait mentir ces filles. N'est-ce pas ? Il m'a sacrifié et s'est enfui.

Pourtant, la colère que cette prise de conscience provoque en moi n'atteint même pas mon indignation à l'égard de Posy. Il a été méchant avec elle. Dommage pour ma ballerine.

L'acide commence à bouillir en mon sein. Ma tête. De plus en plus chaud. Hors de contrôle.

Avec un grognement étouffé, je renouvelle ma lutte avec les gardes de sécurité et je jette trois d'entre eux à terre, lançant un crochet du droit sur un quatrième et le couchant froid. Mais ils sont trop nombreux et l'un d'eux me frappe avec un Taser, rendant mes jambes temporairement inutilisables. Nom de Dieu. L'impuissance est impossible à supporter. Allez vers elle. Allez vers elle.

Elle rend tout meilleur.

Cependant, mes bras ne fonctionnent pas et ils essaient de me passer des menottes autour des poignets.

Avec horreur, je regarde Baker monter sur scène et se précipiter vers Posy, les mains serrées en poings à ses côtés. Non, non, s'il vous plaît. Pas quand je suis retenu et que je ne peux rien faire...

Un à un, les danseurs se placent devant elle.

Ils forment un mur entre Baker et Posy, les bras croisés sur la poitrine.

« Ne la traitez plus jamais de clocharde », dit l'un d'eux.

« Vous avez terminé ici », dit un autre. « Nous avons fini de vous voir l'intimider. Et mentir sur nous pour la manipuler. Gardez-la isolée.

L'une des ballerines ramasse un accessoire et le lance sur mon frère.

Posy a l'air abasourdie.

C'est à ce moment-là que je réalise que je me suis vraiment trompé à propos des femmes. On m'a menti et on m'a mal informé et au lieu de découvrir la vérité par moi-même, je me suis plongé dans ces mensonges. Posy est la seule femme que je pourrais aimer, mais pour le moment, je prendrais une balle pour chacune des danseuses qui se trouvent entre le danger et ma ballerine.

Baker n'a pas fini sa tirade. Non, son visage est marbré de rage et la moitié du public est encore là pour en être témoin.

"Mon frère était censé te guérir, mais tu es revenu encore plus gros qu'avant !" lui crie-t-il.

Par pure volonté, je fais travailler mes membres en me levant. Vers la scène.

Il mourra pour avoir parlé à Posy de cette façon.

« Les femmes ne peuvent pas être guéries, n'est-ce pas ? Il me regarde maintenant, les dents retirées, sa méchanceté pleinement visible. En sentant ce qui arrive, ma peau devient moite. « C'est pourquoi ils doivent être gérés. Tu te souviens des filles du lac, n'est-ce pas, Smith ? Bien sûr, vous le faites. Leurs accusations vous mettent en institution. Désolé pour ça. J'ai menacé de tuer ces salopes dans leur sommeil à moins qu'elles ne corroborent mon histoire. Il sourit. « J'avais besoin d'un parrainage de leurs pères pour entrer dans la fraternité que je voulais à l'automne. Ces vieux salauds n'étaient que trop disposés à l'écrire pour moi une fois que je leur avais peint un nouveau tableau. Celui où j'ai sauvé la vie de leurs filles de mon frère violent. Si seulement j'étais arrivé plus tôt, j'aurais aussi pu sauver leur vertu. Son rire me fait tourner l'estomac. « À la fin de mon histoire en larmes, ce sont eux qui se sentaient coupables. Honnêtement, une de mes plus belles réalisations. Désolé, tu as dû être une victime.

C'est vrai, alors.

Sa manipulation et ses abus m'ont envoyé vivre dans une salle fermée à clé. Puis un entrepôt, pour se cacher de la lumière du jour. Il m'a volé des années.

Et maintenant il a volé Posy ?

Non, au-dessus de ma tête et de mon corps.

Lorsque je m'avance en poussant un rugissement qui fait trembler les chevrons, le visage de Baker devient blanc. Les gardes m'ont frappé avec un autre coup de Taser, mais cela n'a eu aucun effet cette fois. Il y a un pincement au cœur et je continue. J'avance à un rythme rapide jusqu'à ce que je cours. Lui aller droit à la gorge.

Un éclair de blanc étincelant entre dans ma vision et j'ouvre instinctivement les bras, sachant que c'est ma copine. Mon ange. Mon

Posy. Je la rattrape contre ma poitrine et émets un son étouffé, la berçant et trébuchant sous l'assaut des sensations. Mon sang se réchauffe et la tête s'éclaircit. Je peux mieux respirer. Je ne suis plus pris dans la glace.

"Je suis désolé", dis-je d'un ton bourru dans son cou parfumé, en passant mes mains sur elle. M'assurer qu'elle est réelle. «Je t'aime et je suis désolé. Je vivrai au soleil. Je vivrai sous ton soleil et je serai le soleil pour toi aussi. Pardonne-moi. Pardonnez-moi de ne pas avoir saisi le privilège d'être votre homme à deux mains. Je suis maintenant. Je ne suis pas humain sans toi.

Avec ses jambes enroulées autour de ma taille, elle se penche, pressant nos fronts l'un contre l'autre, l'amour brillant dans ses yeux. "Je revenais vers toi après le spectacle."

Sa grâce ne connaît pas de limites. « Après tout ? »

"Après tout." L'humidité brille dans ses yeux. "Je t'aime trop pour rester à l'écart."

Baker se déplace à ma périphérie et je me retourne, protégeant Posy de mon corps et lui grognant par-dessus mon épaule. « Vous n'êtes pas si mignons tous les deux ? Tu n'es rien d'autre que la poubelle sous mes pieds. Aucun de vous ne vaut rien sans moi... »

Une ballerine le frappe à la tête avec un accessoire.

Mon frère tombe durement. Inconscient.

Le reste du public applaudit, ce qui fait rire Posy dans mon cou.

Et bien sûr, bien sûr, le son musical et insouciant raidit ma bite en une seconde chaude. « Où pouvons-nous être seuls ? Je murmure contre sa bouche. «Je n'ai pas été en toi depuis des heures, petite fille. Comment puis-je changer cela ?

Elle fredonne de manière ludique, fléchissant ses cuisses sur mes hanches. "D'abord, tu m'emmènes dans ma loge où nous pourrons nous toucher. Et puis nous rentrons à la maison. Chez moi ou chez vous. Cela n'a pas d'importance, tant que nous sommes ensemble. Je marche déjà dans les coulisses, grognant un merci aux ballerines vengeresses au passage, le cœur dans la gorge à cause des paroles de Posy. "Ensuite, nous commençons à planifier notre éternité ensemble."

La chaleur marque l'arrière de mes paupières. "Pour toujours au soleil."

Nos bouches se fondent dans un baiser lent et sinueux. « Tu es le soleil », murmure-t-elle. « Vous venez d'être derrière un nuage. C'est parti maintenant."

"Parti", je répète d'une voix épaisse, en ouvrant la porte de la loge qu'elle indique, le pouls résonnant dans mes oreilles au rythme de son nom. "Il n'y a que nous."

"Seulement nous", accepte-t-elle lorsque je la dépose, me mets à genoux et commence à décoller les collants le long de ses jambes, à démêler ses rubans et ses pantoufles, et à les mettre de côté. Embrasser le monticule sous son tutu avec révérence. Léchez entre ses plis pour la trouver trempée. Haletant, je me lève et décompresse, jetant ma ballerine contre la porte, ce cul remis dans ma main là où il appartient. "Maintenant, monte et ramène papa à la vie."

Épilogue

Posy

    cinq ans plus tard

    Je fais la moue devant mon mari, cambrant mon dos là où je pose sur la table rembourrée depuis des heures. "Encore combien de temps ?"

    "Presque fini", dit-il d'un ton bourru, en fixant mes cuisses et en secouant lentement la tête. "Croyez-moi, je suis prêt à aller au lit aussi."

    Je fais semblant d'en douter, même si la preuve qu'il veut vraiment m'emmener au lit se cache derrière sa braguette. « L'êtes-vous, cependant ? Comme vraiment ?"

    Smith me montre les dents. « Si les gens qui ont commandé cette pièce ne venaient pas le matin, tu serais déjà évanouie, pleine de ma venue, petite fille. Et tu le sais très bien.

    Mon clitoris palpite entre mes jambes. "C'est comme ça que je m'endors la plupart des nuits", dis-je en passant mes doigts le long de ma cage thoracique. "Peut-être que tu devrais me faire poser comme ça."

    « On l'accrocherait dans notre chambre. Je ne le vendrais jamais à personne.

    "Vous avez neuf œuvres accrochées dans notre chambre, mari." Je ris et un muscle se contracte sur sa joue. « Lorsque les gens achètent une œuvre d'art à mon image, il n'y a aucune garantie qu'ils la recevront un jour. Vous finissez par en garder la moitié.

    "C'est le risque qu'ils prennent lorsqu'ils achètent une représentation de ma femme de renommée mondiale." Il se lève, grimaçant face à son érection. Avec une main enroulée autour de sa raideur, Smith traverse la pièce à pas mesurés et plus il se rapproche, plus je commence à respirer fort. Nous avons passé d'innombrables heures dans le studio d'art du rez-de-chaussée de notre maison, Smith modelant son travail du verre d'après moi. Après que le premier s'est vendu pour plus d'un million de dollars aux enchères, il est devenu un nom bien connu dans le monde de l'art, bien connu pour être capricieux et possessif à l'égard de mon image...

tout en insistant sur le fait que le monde ne devrait pas être privé de mon talent.

Smith est devenu un homme très riche à part entière, mais il n'a aucune utilité pour l'argent, donc la plupart de ses commissions finissent sur notre mur. Personnellement, je pense qu'il aime juste que je sois assis au même endroit. Posant. Être avec lui.

Parfois, je me demande s'il a l'intention de revendre l'un d'entre eux.

Et s'il ne le fait pas ? Ainsi soit-il. Mon rôle de Giselle a été un succès acclamé par la critique – après la folie de la soirée d'ouverture, bien sûr. Mon amour de la danse a été retrouvé après que Smith ait libéré mon âme, me rappelant comment m'envoler. Je suis désormais coach au sein de la même compagnie et j'enseigne le ballet à nos deux jeunes filles pendant mon temps libre.

Il n'y a vraiment pas de mots pour décrire mon bonheur. Mais j'essayerai.

Enivrant.

Beau.

Sans fin.

Joyeux.

La luxure alimentée.

Sale.

"Il n'y a aucune raison pour que nous ne puissions pas créer cette pose maintenant", dit mon mari entre ses dents, en baissant la fermeture éclair de son pantalon et en tendant la main à l'intérieur, l'avant-bras fléchissant. "Rendre humide. Je vais le remplir en bon état.

Nous nous regardons dans la pénombre du studio, les poitrines montant et descendant de plus en plus vite, alors que j'appuie deux doigts sur ma fente à travers le tissu de ma culotte tutu rose intégrée. Je taquine mon clitoris, puis je le frotte sérieusement, ouvrant mes jambes pour que mon mari puisse regarder. Pendant ce temps, sa propre main est occupée, caressant sa tige rapidement et brutalement, la transpiration commençant à apparaître sur son front et sa lèvre supérieure.

"Est-ce que je t'ai dit récemment que je vis pour cette petite chatte soyeuse ?" Il me fait lentement le tour, se penchant pour embrasser ma bouche avec un chaud jeu de langues alors qu'il passe. « Pour cette bouche sucrée. Et ces seins pourris et gâtés.

"Ils sont gâtés", je murmure, me tordant sous son regard brûlant. "Tu les gâtes tellement bien."

"C'est exact." Il prend mes seins dans ses mains, serrant brièvement mes jointures autour de mes tétons douloureux. Dieu. "Je ne peux pas garder ma bouche hors d'eux, n'est-ce pas?" Il donne une forte gifle sur mon sein droit, puis sur le gauche, les apaisant immédiatement par un doux massage pendant que je gémis. « Si doux et sensible. Comme des fruits frais. Mais ça... » Un seul doigt descend au centre de mon ventre, sur mon tutu et en dessous, son énorme main se refermant autour de mon sexe. Pressant. « C'est le putain de centre mort de mon univers. C'est là que ma bite est soulagée. Où naissent mes enfants. Où mon obsession lui procure du plaisir. Je brûle pour cette chatte.

J'utilise maintenant trois doigts raides pour me masser, excité par ses mots de propriété. Ses aveux grognants. Ma respiration entre et sort de mes poumons, mon orgasme se rapproche. Très proche. "S-Smith..."

Il se tient à côté de moi, la mâchoire lâche, se caressant avec de plus en plus d'urgence. «Je sais, petite fille. Vous voulez que je le mette dedans.

"Oui."

"Quelle est la profondeur?"

"Tout le."

« Jusqu'au bout ? Il se positionne au bout de la table et, d'un mouvement rapide, me tire par les chevilles jusqu'au bord. "Tu veux que je te baise plein de graines ?"

Oh mon Dieu, je meurs. "S'il te plaît!"

Me regardant dans les yeux, il écarte ma culotte intégrée et s'enfonce profondément, faisant couronner mon orgasme avec vengeance. Oh. Oh. Mon Seigneur. Forgeron. En sueur, les dents exposées, il pompe une, deux, une troisième fois, puis se lance dans un rythme flou qui prolonge ma libération, me fait gémir son nom, tout ce qui se trouve sous mon nombril est serré, si serré, la tension diminue progressivement tandis que le sien atteint rapidement son paroxysme.

Avant que je sache ce qui se passe, il grimpe sur la table au-dessus de moi, me traîne sur le cuir rembourré et me donne tout son poids. Son souffle dans mon oreille. Son invasion de mon corps féroce. "Tu m'as sauvé la vie", râle-t-il, me coinçant les poignets au-dessus de ma tête, la table craquant sous nous. « Vous le sauvez chaque jour simplement en respirant. En étant réel.

"Tu m'as sauvé aussi", parviens-je à haleter, en le regardant dans les yeux, secoué jusqu'au plus profond de moi. "Je t'aime."

Les muscles de sa gorge s'accentuent sous l'effet de la tension, ces trois mots le poussant à bout, comme toujours. "Mon Dieu, ma douce ballerine", grince-t-il en laissant tomber son front contre le mien, sa chaleur s'épanouissant en moi. Inondant mon ventre, ma poitrine, mon âme. "Je t'aime aussi."

LA FIN.

Don't miss out!

Visit the website below and you can sign up to receive emails whenever McKenzie publishes a new book. There's no charge and no obligation.

https://books2read.com/r/B-A-PBTMB-VOFJD

BOOKS 2 READ

Connecting independent readers to independent writers.

Also by McKenzie

Fais-moi une faveur

Milton Keynes UK
Ingram Content Group UK Ltd.
UKHW050204250624
444652UK00014B/623